PLEURNICHARD

Jean-Claude Grumberg

PLEURNICHARD

Éditions du Seuil

Cet ouvrage a été publié dans la collection
« La Librairie du XXIe siècle »
dirigée par Maurice Olender

TEXTE INTÉGRAL

ISBN 978-2-7578-8345-7
(ISBN 978-2-02-101261-3, 1re publication)

Au frère de Pleurnichard.

Préambule

À sa naissance, en juillet 1939, à l'hôpital Lariboisière, si on excepte sa grosse tête et ses lunettes, Pleurnichard ne présentait aucun signe particulier. Son premier cri, sans être harmonieux, fut sonore et en rien nasal. Il fut circoncis huit jours après sa naissance, comme le veut la coutume, dans ce même hôpital Lariboisière par un chirurgien circonciseur agnostique et, j'espère, qualifié. Sale époque pour se faire circoncire, dites-vous ? Pas si sûr. Je connais un autre fils de déporté qui fut circoncis, lui, en juillet 1942, pendant la rafle du Vel' d'Hiv'. Un *moil'l* – circonciseur rituel – traversa Paris en métro, papillotes repliées sous son chapeau et étoile cachée sous *Je suis partout* afin de se rendre dans la cachette où l'enfant déjà caché espérait ses bons offices.

Revenons en 1939. La légende dit que Pleurnichard pleurnichait – en fait poussait des cris affreux – dès qu'il se trouvait dehors. Sa maman,

Suzanne, avait beau le prendre dans ses bras, le bercer, le câliner, rien à faire, il pleurnichait jusqu'à s'en étouffer, comme s'il comprenait déjà la situation. Le père de la mère de Pleurnichard, Baruch Katz, qui suivait le landau les dimanches – Pleurnichard, bien sûr, ne s'appelait pas encore Pleurnichard, mais déjà JC, je sais, c'est compliqué à suivre, mais pas plus que d'autres légendes –, Baruch donc, tout en suivant le landau de JC poussé par Suzanne, psalmodiait en yiddish *« Oï veï*, y vivra pas », « *Oï veï*, y vivra pas », berceuse qui avait le don de mettre Suzanne hors de ses gonds.

Suzanne alors hurlait sur Baruch qui criait sur Suzanne. Ces cris, la chaleur de l'été, la nervosité ambiante due à l'imminence de la guerre jointe aux discours sur les juifs en général et sur Pleurnichard en particulier, « *Oï veï*, y vivra pas », incitèrent sans doute Pleurnichard à pleurnicher toujours plus fort.

C'est ainsi, dit-on, que Jean-Claude devint Pleurnichard.

Avant, pendant, après

Plus jamais ça !

Avant d'être baptisé Shoah, « ça » n'avait pas de nom, pas de nom précis. C'était l'extermination, l'Holocauste, le génocide, la déportation, les camps, les chambres à gaz, les fours, c'était les rafles, Drancy, Compiègne, Beaune-la-Rolande, Auschwitz, Birkenau, Maïdanek, Treblinka. Quand Suzanne parlait d'avant, elle parlait d'avant « ça ».

Pour elle, l'après-« ça » ne fut pas la délivrance, la libération. Ce fut le non-retour, la fin de l'espoir, la découverte de l'innommable.

En fait, elle ne nous parlait jamais de « ça ».

Quand elle parlait de pendant, c'était d'elle, d'elle parcourant Paris à pied. De cette concierge d'un immeuble des beaux quartiers à qui elle demande : « À quel étage habite monsieur Zisserman ? », qui la tire dans sa loge, doigt sur la bouche, en lui faisant des yeux : « Ils sont là-haut ! » Après quelques minutes de silence et d'apnée, Suzanne devine, à travers le voilage du brise-bise brodé, un homme en chemise, veste sous le bras, encadré par deux types en uniforme, précédé d'un autre en béret. « C'est monsieur Zisserman ? » souffle Suzanne. La concierge gonfle ses yeux tout en agitant son menton. Nouveau silence avant de pousser Suzanne hors de la loge. « Partez, ne revenez jamais, ne prononcez plus jamais son nom ! » Ah, c'était donc ça, monsieur Zisserman ou le secret de l'homme au masque de fer ! Et Suzanne de trotter par les rues et les avenues, remerciant son étoile de ne pas l'avoir conduite plus tôt chez ce Zisserman. Sept, huit minutes avant, et elle était bonne comme la romaine.

Non, non, non, elle ne faisait pas de résistance, elle était à Paris, seule, le reste de la famille pris ou en zone libre, alors on lui confiait des courses à faire, un bonjour à donner comme ça, en passant. Par quel canal, je ne sais. Ce qu'elle nous racontait avec une certaine fierté, c'est qu'elle avait parcouru Paris à pied, avant, pendant et après. Après, afin d'obtenir des papiers avec tampon officiel et républicain, certificat de disparition, puis de décès, puis d'autres lui donnant enfin droit au titre de veuve, veuve de guerre, elle y tenait.

Un après-guerre de papiers, de bureaux, de

tampons, qui deviendra, au fil des ans, une guerre sans fin contre l'administration et ses préposés zélés, désireux d'appliquer décrets et lois spécialement concoctés pour nuire à Suzanne et aux siens. Oui, Suzanne parlait peu des arrestations, des rafles, de la déportation de Zacharie, de l'arrestation de Naphtali, le père aveugle de Zacharie.

Par contre, elle évoquait volontiers ses visites en banlieue, chez des amis, les Coquet. Monsieur Coquet s'appelait Carmen de son prénom, il était d'origine espagnole. Carmen Coquet. Suzanne débarquait chez les Coquet avec son paletot étoilé que les Coquet aussitôt lui arrachaient. Elle enfilait alors une jaquette de madame Coquet, l'étoile allait s'éteindre dans l'armoire à glace, et Suzanne retrouvait la faculté d'aller au cinéma, de s'asseoir à la terrasse des cafés. Elle était sans doute heureuse, fugitivement mais pleinement heureuse, elle avait de la chance dans son malheur. En avait-elle conscience ? Pensait-elle à nous, ses enfants, dont elle n'avait aucune nouvelle ? À Zacharie ? À sa famille en zone nono ? Aux tantes, oncles, cousins, cousines déjà pris ?

« La laitue près du bain-douche » était l'un de nos récits préférés. Figurez-vous qu'un jour on – « on » fut d'une importance déterminante pendant, avant et après également, soyons juste –, on donc lui indiqua qu'un marchand de quatre-saisons vendait de la laitue fraîche, au prix d'avant-guerre, devant le bain-douche au fond du passage, en face du marché. Elle s'y rend. De la laitue !!! Devant le bain-douche, point de laitue ni de marchand, mais un boche, revolver au poing, semble attendre les chalands. Suzanne, le découvrant, se frappe le front comme si elle avait oublié ses topinambours sur le gaz et s'en retourne du même pas, sans courir. Voilà les faits d'armes de ma mère. Et celui-ci qui nous a permis sans doute de la retrouver après, saine et sauve : en 1944, boulevard Magenta, elle sort d'une mercerie où elle a acheté une plaquette de boutons pour une voisine. Il est cinq heures sept, dix-sept heures passées de sept minutes, sept minutes donc après l'heure légale d'achat des étoilés. Un jeune à béret la bloque sur le seuil de la mercerie :

– Police antijuive, tes papiers !

Suzanne regarde, il est seul.

– Pourquoi je vous donnerais mes papiers ? Je vous connais pas.

– Il est dix-sept heures huit.

– Je vous ai pas demandé l'heure !

– Tes papiers !

Elle fait mine d'ouvrir son sac, mais change son geste, comme ça – elle mime la chose : « J'te lui balance un grand coup de sac en pleine poire et j'me trotte fissa. » Il hurle :

– Tes papiers, youpine !

Les passants s'agglutinent – nous sommes en 1944.

– Qu'est-ce que vous lui voulez, à la petite dame ?

Suzanne profite de son accent Arletty pur porc et lâche tout en s'éloignant :

– Il me demande mes papiers, c'merdeux. Non mais pour qui ça se prend !

Les passants – nous sommes en 1944, je sais, j'insiste, mais nous sommes en 1944 – soutiennent Suzanne. L'antijuif est englué. Suzanne se hâte sans courir vers son domicile. La voilà au 34, sauvée…

Elle monte – cette fois nous sommes en 1943 –, elle revient de chez les Coquet. Au premier étage des scellés sur la porte de droite, au second des scellés sur les deux portes, pas la peine de se fatiguer à monter jusqu'au troisième, elle monte pourtant, pas de scellés sur sa porte. Elle glisse sa clé et s'effondre dans l'atelier déserté. Puis elle se jette sur son lit et pleure. Voilà, c'était comme ça pendant.

En fait, je ne sais pas grand-chose d'avant, de pendant ou même d'après, sinon qu'après, c'est encore aujourd'hui. Je n'ai pas dû poser les bonnes questions, ou pire, je n'ai pas écouté les réponses. Happé par d'autres questions, avide d'autres réponses.

Des copains d'école avaient également perdu un père, une mère avec frères et sœurs, mais je faisais comme si je ne le savais pas, eux faisaient de même pour moi. Il n'y a qu'à la cantine que ça transpirait. Les enfants de déportés et de fusillés ayant droit au rab, les autres gueulaient jusqu'à ce que la cantinière lâche, louche en l'air : « Il a plus son papa ! » Pleurnichard aurait pu ainsi s'empiffrer de plâtrées de purée de pois cassés en rab, hélas, en prime il avait pas d'appétit.

Plus tard, dans les années cinquante, une ancienne déportée visitait régulièrement ma mère. Elle était revenue des camps de la mort avec le côté droit paralysé. Son côté gauche traînait son côté droit qui pendait. C'était une moitié de survivante, un quart même tant elle était chétive. Elle passait ses journées à grimper des étages pour faire signer des pétitions, vendre des places pour des spectacles édifiants, des vignettes de la fête de *L'Huma*, que sais-je ? On l'entendait escalader, en général à l'heure des repas, son ahanement nous alertait. J'étais assis à table et je suivais son ascension avec terreur. Main gauche sur la rampe, elle se hissait. Chaque marche aurait dû lui arracher un cri de douleur, mais non, stoïque, elle grimpait, suspendant son effort un bref instant entre deux marches avant de repartir à l'assaut du ciel. La foi, la foi seule comme soutien et comme guide. Elle montait nos trois étages réputés durailles. Ma mère lui ouvrait avant qu'elle ne sonne, lui présentait une chaise dès l'entrée, qu'elle refusait des yeux. Elle se traînait jusqu'à la table et s'effondrait à la place de ma mère face à moi. Son corps décharné, sa poitrine asphyxiée ne reprenaient vie que bien des minutes après.

Ses yeux me fixaient, ses yeux qui avaient vu l'enfer me criaient : « Pourquoi, pourquoi n'es-tu pas encore au parti ? » J'étais déjà aux Jeunesses, j'aurais pu faire valoir mon jeune âge, mais je restais sans voix. « La paix, l'URSS, l'impérialisme, les fascistes, la lutte, la lutte, et toi, toi ! » Moi, je piquais du nez dans mon assiette.

Le jour où, des années après, ma mère m'annonça que le mari de la dame paralysée l'avait laissée tomber, je ne pus qu'applaudir en secret le courage de ce héros qui, après avoir résisté tant d'années à la sainte souffrance, au martyre permanent, avait choisi la liberté et la honte. Je l'imaginais chassé du parti, exilé, rejeté dans les ténèbres extérieures de la débauche impérialiste, il avait même une maîtresse ! Un héros, un véritable héros, vous dis-je.

Sous le regard spectral de la survivante, la bouchée de barbaque, durement gagnée par les mains prolétariennes de ma mère, durcissait comme pierre. J'avais beau l'expédier de part et d'autre de ma bouche tout en la mastiquant comme un damné, rien n'y faisait. J'étais contraint pour ne pas étouffer de la recracher dans mon assiette. Le spectre alors hochait la tête. La honte m'écrasait. Après la victoire du regard commençait la litanie : le parti le parti, la lutte la lutte, l'URSS l'URSS. Jamais elle n'évoquait le passé, son passé. Elle ne survivait que pour édifier l'avenir. Son corps cependant témoignait de ce passé, sa souffrance de chaque instant se trouvant sanctifiée par la réalisation quotidienne de la tâche démesurée qu'elle s'imposait : donner mauvaise conscience à tous les sympathisants juifs du quartier, ce qui représentait des dizaines d'étages à gravir, afin de hâter le triomphe des prolétaires du monde entier. On signait, on achetait les journaux, les vignettes, l'almanach. Elle repartait enfin. Son corps dévasté redégringolait nos trois étages, nous guettions, craignions sa chute, écrasés, terrorisés, à peine soulagés quand nous la suivions des yeux traversant la cour. Du troisième étage, c'était comme si nous regardions ramper trente-cinq kilos d'os, de douleur et de foi.

Je ne sais pourquoi j'avais si honte. Cette honte que j'invoque n'est peut-être que la honte éprouvée en traçant ces lignes, honte récente liée à mon absence de compassion d'alors ? Enfin, Pleurnichard murmurait, repoussant son assiette :

– Pourquoi elle se radine toujours à l'heure des repas ?

– Pour être sûre de nous trouver, chuchotait Suzanne en se tamponnant les yeux.

Pleurnichard pour dérider sa mère se dressait et tentait d'imiter la démarche de la visiteuse – on est mime ou on ne l'est pas –, mais le cœur ne suivait pas. Il cessait alors et gagnait son lit. Là, livre en main, il plongeait dans la vraie vie, celle de la Bibliothèque verte baptisée à l'eau de rose.

C'est dans l'un de ces livres saisis au hasard dans les rayonnages de la bibliothèque du Xe arrondissement, *La Dernière Frontière* d'Howard Fast, que Pleurnichard se trouva pour la première fois face au génocide. Ces squaws, ces enfants, ces vieillards, morts de faim et de froid dans la neige, le saisirent à la gorge et ne l'ont jamais lâché, le renvoyant au fil des ans à d'autres femmes, enfants, vieillards morts de faim, de froid, de coups et d'abandon.

La section du Xe de la Fédération des familles de déportés et fusillés proposa à Suzanne le poste honorifique de secrétaire. Suzanne, au lieu de dire qu'elle ne savait ni lire ni écrire, cessa d'assister aux réunions. La survivante cessa alors de nous visiter.

Pardon ? Comment dites-vous ? Pourquoi Suzanne, dotée d'un accent Arletty pur porc, née à Paris XVIIIe, ne savait-elle ni lire ni écrire ? À cause de la guerre. Non, pas la deuxième, la première. Avant la seconde guerre, souvenez-vous, il y a eu la première. Suzanne en fut l'une des bénéficiaires. Ses parents, Baruch Katz et Dinah Zverdling, venaient de Brody, Galicie. Jusqu'en 1918 la Galicie fut l'une des provinces orientales de l'Empire austro-hongrois. La légende veut qu'un jour de 1914 la concierge des Katz déclare au passage à Baruch : « Monsieur Katz, on arrête les Autrichiens. » Autrichiens alliés de l'Allemagne, donc ennemis de la France. Baruch probablement ignorait qu'il était autrichien, il ne parlait que le yiddish et comprenait très mal le français, mais le ton péremptoire de la concierge l'inquiéta. En prime, ils étaient, Dinah et lui, comme on dit aujourd'hui, sans papiers. Toujours selon la légende rapportée par Suzanne, Baruch ne put supporter à domicile que la police vienne le saisir et se rendit de lui-même au commissariat du quartier. Il fut incarcéré d'abord avec Dinah et les trois enfants – Suzanne était l'aînée –, puis seul. Suzanne – sept ans à l'époque – me livra par bribes, quelque quarante ans après, un récit embrouillé et très décousu. Il faut dire que je n'étais guère friand des vieilles histoires, fussent-elles de famille. La guerre de 14-18, pensez donc ! Nous, les jeunes progressistes, détestions, je ne sais pourquoi, les anciens combattants de 14-18.

Ce qui surnage du récit de Suzanne, ce sont des forteresses, des souterrains, des punitions ridicules, une discipline courtelinesque. Baruch, tailleur, fut affecté à la fabrication de vareuses, vêtement à la mode en ces années de guerre mondiale. Une fois libérée, Dinah, plutôt que rentrer à Paris, décide de retourner à Brody. Dans quel but ? On ne m'a jamais proposé une explication valable. Avait-elle encore de la famille à Brody ? Avaient-ils été tout simplement expulsés ? Voulait-elle vérifier s'ils étaient autrichiens ou non ? Je ne sais. Quoi qu'il en soit, les voilà, Dinah, Suzanne, Maurice et Gaston, en route vers l'Est.

Sur une place de village, quelque part en France, un groupe de réfugiés – de personnes déplacées, comme on ne disait pas encore alors – se presse autour d'un brasero. Je vous relate là le souvenir le plus précis de Suzanne, à moins que ce ne soit celui qui m'ait le plus frappé.

– On portait toutes des foulards sur la tête. Les villageois qui nous entouraient me demandent d'ôter mon fichu pour voir ma tête carrée. Ils nous prenaient pour des boches. Je leur dis : « On n'est pas des boches, on est des juifs. » Alors ils me font ôter mes souliers pour voir mes pieds fourchus.

D'autres souvenirs, vagues, brumeux. À Prague, par exemple, ils font une longue pause. Ils retrouvent là-bas des membres de la famille de Dinah. Suzanne accompagne une cousine plus âgée, seize ou dix-sept ans, qui fait de la contrebande d'œufs frais. Pour entrer dans Prague avec des œufs, il faut payer l'octroi. Suzanne et sa cousine sont équipées d'une sorte de cartouchière à même la peau, dans chaque alvéole un œuf. Les voilà toutes les deux dans le trolley, il y a du monde, on les bouscule. Arrivés à destination, tous les œufs de la cousine sont intacts, tous ceux de Suzanne sont cassés. Elle est gluante, ça dégouline le long de ses jambes. Des décennies après, elle s'en essuyait encore la taille de dégoût.

Oui, vous avez raison, il y aurait là sans doute matière à un chapitre à part, voire un volume, mais il me faudrait compléter, remplir les trous, inventer. Je ne suis pas pour romancer les légendes. Et ce mystérieux retour vers l'Est m'éblouit trop pour que je lui donne un sens quelconque. L'inutilité, l'absurdité de ce retour, de ce voyage à travers les lignes, ne souffre pas d'être délayé. Brody est de l'autre côté de l'Europe. Entre la France et la Galicie il n'y a rien de moins que les fronts, tous les fronts, les belligérants, leurs tranchées, la guerre mondiale, quoi. Comment sont-ils passés ?

Comment ont-ils voyagé sans papiers ni argent ? Dinah ne parlant que le yiddish, ne sachant pas, selon Suzanne, si à Paris la famille Katz habitait rue Caulaincourt ou rue Clignancourt.

Baruch et Dinah furent ainsi séparés de 1915 à 1921, date du retour de Brody, qui, entre-temps, en 1918 précisément, lorsque Dinah et ses enfants l'atteignent, sera devenue polonaise, ou ukrainienne, ou biélorusse. Dans quel pays se situe Brody aujourd'hui, je serais bien infoutu de vous le dire.

Quelques mots sur Brody, quand même. Sachez d'abord que la maman de Sigmund Freud, Amalia Nathanson, y est née, et l'écrivain Joseph Roth, mort près de chez moi, à deux pas, rue de Tournon, Paris VIe, une plaque en fait foi. Roth n'avouait pas facilement qu'il était né à Brody. Naître à Brody, Galicie, c'était naître *schnorer*, va-tout-nu, tapeur, pique-assiette, mendigot. Une autre source prétend que Brody aurait été la capitale des musiciens klezmers, sans doute des *schnorers* musiciens. Voilà. C'est ainsi que Suzanne, bien que née à Paris, au lieu d'aller à l'école comme une bonne petite Parigote de la Butte, traversa l'Europe de 1915 à 1921, aller et retour, à pied j'imagine. À pied, à cheval ou en voiture, comme elle aimait dire.

Baruch et Dinah se retrouvèrent en 1921, rue Caulaincourt ou Clignancourt. Baruch évita désormais la concierge. Suzanne fut placée dès son retour en apprentissage dans une maison de couture. Après sa journée de travail un second emploi l'attend, à domicile celui-là. Elle devient la finisseuse nocturne de Baruch, réinstallé apiéceur en chambre. Une troisième tâche lui incombera bientôt, après la naissance de sa sœur, fruit des retrouvailles parentales, elle deviendra la fille au pair de la famille Katz.

Après la Seconde Guerre mondiale, finisseuse, Suzanne deviendra la bonne de ses deux enfants. Sa journée de travail terminée, elle fait les courses, la bouffe, la vaisselle, la lessive, le raccommodage, le repassage. En fait elle ne trouve le temps d'apprendre à lire qu'entre ses différentes et harassantes occupations. Une fois par semaine, le samedi après-midi, elle se rend chez une voisine, institutrice à la retraite, qui lui fait tracer des bâtons et des boucles dans un cahier d'écolier. En fin de séance, après l'écriture, on passe à la lecture. Bras dessus, bras dessous, Suzanne portant le cabas de son institutrice vieillissante, elles sortent faire les courses. En chemin, Suzanne déchiffre, encouragée par sa pédagogue : « boulangerie », « pâtisserie », « teinturerie », « charcuterie », « Viniprix », « Paris-Médoc ». Il n'y a que « boucherie chevaline » qui lui posera des problèmes. Après bien des années, et bien des efforts,

Suzanne réussira à lire en entier, outre *Pivoine* de Pearl Buck, *Autant en emporte le vent*, intégralement. Cette lecture durera vingt-deux mois, ce sera le sommet de sa carrière littéraire.

Hélas, pour visiter les bureaux et officines de la République, elle n'était pas assez sûre d'elle, il lui fallait toujours l'assistance d'un de ses deux fils. Au début ce fut naturellement Maxime, l'aîné, ensuite Pleurnichard lui-même. Je croise encore à l'occasion, dans des bureaux d'état civil, des enfants anxieux et susceptibles accompagnant leurs parents peu lettrés. J'éprouve encore cette irritation si particulière face aux préposés qui finissent par s'adresser directement à l'enfant, ignorant les parents. Le pire se produisait en privé, dans le secret de notre salle à manger, lorsque, après des mois de négociations intenses, j'acceptais enfin d'écrire la lettre que ma mère se devait d'adresser d'urgence à l'une ou l'autre des administrations concernées. Je commençais sous sa dictée, puis je me redressais, il y avait déjà de l'électricité dans l'air.

– Maman, on ne dit pas comme ça !

Elle voulait que j'écrive exactement comme elle dictait.

– C'est une lettre, maman, on ne peut pas commencer une lettre comme ça !

Elle n'en démordait pas.

– Moi, je fais comme ça.

– Maman, c'est moi qui écris. On ne peut pas mettre « je vous écris pour vous dire… ».

– Si je lui écris, c'est parce que j'ai quelque chose à lui dire !

– Maman, c'est une administration, le ministère des Anciens Combattants et Victimes de guerre.

– Je sais, je sais, et alors ?

– On n'écrit pas à une administration comme on écrit à un particulier !

– Pourquoi tu mets « cher monsieur » alors ?

– Qu'est-ce que tu veux que je mette ?

– « Je vous écris pour vous dire » !

Je m'énervais, elle s'énervait. S'énerver est peu dire. Le papier, le porte-plume, l'encrier, tout valsait, ça finissait en cris et en pleurs. Je reprenais le lendemain ou six mois plus tard, comme elle voulait, puis je lui relisais. Effectivement ça n'allait pas, et elle finissait par crier que je fasse comme je veux, puisque j'y mettais tant de mauvaise volonté. En fin de compte, la rédaction de la lettre était remise aux calendes grecques. Oui, ces lettres inachevées furent les principales sources de conflit entre Suzanne et Pleurnichard, à part, bien entendu, tout ce qui concernait son avenir professionnel.

– Tu finiras clochard.

– Maman, je suis dans le *Larousse*.

Je la vois hausser les épaules.

– S'ils n'ont que des feignasses comme toi à foutre dans leur dico, c'est pas étonnant que tout aille mal !

– Tu as raison, maman, tu as raison, mais pour les lettres c'est moi qui avais raison, je suis commandeur dans l'ordre des Arts et des Lettres, alors…

– Des commandeurs comme toi, j'm'assois dessus.

– Maman, ils m'ont collé la Légion d'honneur, je suis chevalier.

– Ça te fait une belle jambe, les décorations se mangent pas en salade, et je te signale qu'à ton âge tu ne sais toujours rien faire de tes dix doigts.

– Tu as raison, maman, tu as raison, mais quand même, j'aimerais tellement que tu me voies avec mes breloques autour du cou, couvert de médailles, rien que pour que tes joues virent au rouge tandis que tu pincerais tes lèvres en secouant la tête, dubitative.

Ah, il y a des jours comme ça où on regrette de ne pas croire à l'immortalité des âmes.

De quatorze à dix-huit ans, dans mes nombreux ateliers – oui, je me suis fait virer souvent – j'ai croisé quelques survivants. Eux non plus ne parlaient pas de « ça ». Cette histoire d'en parler ou non me semble aujourd'hui si indécente, si dérisoire… Où et quand en parler ? Il n'y avait ni tribune, ni moment opportun. Et puis raconter quoi, à qui ? Sans doute retournaient-ils là-bas chaque nuit, mais chaque matin, au lever du jour, ils se devaient d'être sur le pont, prêts à la manœuvre face aux aléas hostiles : fournisseurs, marchandises, livraisons, clients, employés, et jusqu'à cet apprenti, fils de déporté, qui arrivait toujours en retard, traînant les pieds, parlant à tort et à travers, de préférence en agitant les mains. Chez l'un de ces survivants, je dus faire face à une campagne de diffamation ourdie par sa propre femme. D'après elle je tirais mal la chaîne. Aussi, dès que je quittais les lieux, s'y précipitait-elle en hurlant :

– Il a mal tiré la chaîne !

– Je tire la chaîne normalement, madame.

Tout l'atelier, deux ou trois personnes en tout, était convié alors à constater l'étendue de ma négligence. Certains approuvaient la patronne, d'autres – des Rouges sans doute – me soutenaient en secret :

– C'est leur chasse qui déconne.

Le patron trancha en me donnant l'ordre de fréquenter les lieux chez moi, « à mon compte », dit-il, en dehors des heures de travail. La semaine d'après j'étais viré, enfin.

Oui, nous, les enfants de déportés, ne savions rien ou pas grand-chose de la déportation. Les anciens déportés juifs, déportés parce que juifs, les survivants du génocide, se voyaient reprocher, dans une sorte d'inconscient général, deux choses également déshonorantes : s'être laissé prendre, comme on disait, et comme certains, hélas, disent encore aujourd'hui, sans « opposer de résistance ». Deuzio, être revenus d'où on ne revenait pas. Les survivants du radeau de la *Méduse* se virent également reprocher d'être vivants et de raconter des horreurs insoutenables.

L'un des officiers de la marine royale déclara que d'honnêtes marins auraient dû choisir la mort plutôt que la survie à ce prix. Partout on célébrait les combattants, ceux qui étaient morts les armes à la main, en luttant contre le fascisme au nom du patriotisme ou de la révolution future, morts pour la France ou l'Union soviétique, mais morts héroïques. Rien, jamais un mot ni un drapeau hissé – quel drapeau ? – pour honorer les nôtres. Nous devions trouver en nous-mêmes les motifs d'être fiers de nos parents, et nous n'en trouvions pas. Seuls les combattants du ghetto de Varsovie étaient honorés en tant que juifs. Les autres, tous les autres, faisaient partie en vrac des six millions. Les rares survivants d'ailleurs le plus souvent parlaient yiddish. Personne n'aime fréquenter les spectres, encore moins lorsqu'ils ont un accent.

Bientôt ceux-là mêmes qui étaient restés

indifférents à la mort des juifs d'Europe célébrèrent les victoires des soldats de Tsahal, ces juifs devenus parachutistes et nationalistes, qui, comme tout un chacun, rejoignirent sous les hourrahs le concert des nations. Ils se virent pour un temps – très bref, il est vrai – parés de toutes les vertus, guerrières surtout. Il suffisait donc de savoir se battre pour être respecté et respectable. Les nôtres, les pères de famille saisis au saut du lit, les mères avec leurs enfants dans les bras, les vieillards arrachés aux hospices, les malades raflés à l'hôpital, continuèrent, eux, d'être assimilés aux moutons.

Dans la famille de mon épouse, un oncle, un de ces oncles de seconde main, s'était remarié après guerre avec une tante, veuve de déporté – il y eut ainsi beaucoup de ces mariages de circonstance entre survivants et veufs ou veuves. Au camp l'oncle s'était déclaré coiffeur, ce qu'il n'était pas, disait-on. Ainsi, rasant d'innombrables crânes, il avait réussi à survivre. Au retour, il ouvrit un salon de coiffure. Passons. Lors d'une fête de famille, il entreprit de raconter à un jeune homme orphelin les circonstances de la mort du père de ce jeune homme qu'il prétendait avoir vu mourir. Le jeune homme refuse de l'entendre, il ne veut rien savoir. L'oncle insiste, devient précis, évoque le lieu, les barbelés. Le jeune homme prend la fuite.

L'oncle se tait, ou plutôt reprend ses blagues. Il adorait raconter des blagues. Quelques décennies après, le jeune homme, devenu mûr et avide d'informations sur la disparition de ses parents, se souvient que l'oncle a vu mourir son père. Il fonce chez lui, mais l'oncle ne veut plus parler de ça. Il est au bout du rouleau, de son rouleau, il veut juste mourir en paix.

Je ne sais comment Pleurnichard adolescent aurait réagi face à celui qui serait venu lui dire : « J'ai vu mourir ton père. » Nous avons vécu, nous, l'expérience contraire : une lettre serait parvenue à ma mère, fin 45-début 46, assurant que Zacharie était vivant et qu'il allait rentrer bientôt. Je ne désire pas me souvenir de la réaction de Pleurnichard, qui éprouva peut-être plus de crainte que d'espoir. La lettre n'eut aucune suite. Le disparu resta disparu avant de devenir officiellement décédé. J'ai oublié et la réaction et la lettre. C'est mon frère qui m'affirme que celle-ci a existé. Peut-être est-ce lui qui l'a lue à ma mère. En fait je préfère continuer à douter de son existence et à ne rien savoir de la réaction possible de Pleurnichard.

Vers l'âge de vingt ans, plus ou moins dégagé de l'illusion communiste, je me suis forgé un autre espoir, personnel celui-là, secret en tout cas, l'espoir qu'un ancien déporté, un survivant, l'un des nôtres, allait se lever, prendre la parole pour nous dire comment vivre, et surtout pourquoi vivre après « ça ». C'est affreux à formuler aujourd'hui, mais je ne pouvais admettre que « ça » n'eût aucun sens. La découverte du théâtre de l'absurde, et de ma propre propension à l'absurdité, m'aida, sans doute, à dépasser ce stade. En même temps je me devais de pénétrer dans ma propre histoire, ne pas rester face aux six millions, ballotté entre le cynisme et la rage de Pleurnichard.

Adolescents, nous avions du mal à aborder le sujet même entre nous sans passer par la dérision. Nous adorions prendre l'accent teuton, faire semblant de visiter Paris, nous faisant photographier avec un appareil imaginaire, le Sacré-Cœur en perspective. Nos maîtres étaient Francis Blanche et Pierre Dac, nous ne savions rien de la judaïté ni de l'activité de Pierre Dac à Londres. Un après-midi, dans un café, j'expliquais à voix haute à quelques-uns de mes compagnons, avec l'accent teutonesque, qu'ayant reçu des camions défectueux avec tuyaux d'échappement refluant les gaz à l'intérieur, il nous avait bien fallu les utiliser, c'était la guerre, *ach, guerre ba bonne*, la pénurie… Un consommateur, excédé, s'est alors levé, est venu vers nous en retroussant sa manche et nous a collé sans un mot son avant-bras sous les yeux, puis il est reparti s'asseoir en reboutonnant sa chemise. Je pense que cet après-midi-là nous avons quitté l'adolescence. Mais je me dois de dire aussi que si nous n'avions pas commencé à en ricaner, nous n'aurions jamais pu affronter l'immonde réalité du monde.

Je connaissais depuis l'enfance les circonstances de l'arrestation de mon grand-père Naphtali, ma mère me l'ayant racontée plusieurs fois et en détail. Les flics le découvrent au lit à côté de ma grand-mère qui, à leur entrée, est prise de colique. Les flics se concertent et décident de n'embarquer que l'aveugle. Pour qu'il aille plus vite, ou pour lui venir en aide – qui sait ? –, ils le portent dans l'escalier. Peut-être le soir, en famille, se sont-ils félicités d'avoir agi avec tant d'humanité ? Ma grand-mère décédera peu après chez elle, Suzanne se chargera de son inhumation religieuse. Zacharie, raflé lui aussi avec les autres apatrides d'origine roumaine, retrouve son père à Drancy. Je savais tout cela, mais il m'a fallu des dizaines d'années pour me glisser à l'intérieur de ce récit, pour imaginer leurs retrouvailles, pour me hisser enfin dans le wagon avec l'aveugle. Il m'a fallu des années d'analyse, avec en prime le risque à mon tour de perdre la vue, pour que je rejoigne Naphtali. Enfant, je ne savais que faire de tout cela, sinon ricaner sur les flics serviables et la chieuse au lit.

Un jour, j'avais soixante ans, voire plus, je me demande avec angoisse si Zacharie était parti par le même transport que son père, dans le même wagon, si mon père avait dû assister son père aveugle lors de leur dernier voyage. Le bottin de Klarsfeld m'apprend qu'il y eut deux mois d'écart entre leurs deux convois. Je fus affreusement soulagé. Je n'ai aucun souvenir de ce père, encore moins de son père. Je partage avec ce dernier le glaucome, la myopie et le décollement de rétine.

Il m'a fallu presque toute une vie pour arracher Zacharie et Naphtali à l'anonymat des six millions, pour en refaire des individus, toute une vie d'humour scabreux pour pouvoir pleurer enfin mon père et son père.

Pendant longtemps j'ai refusé d'admettre que rien, rien ne pouvait surgir des cendres, et que, si nous voulions vivre, il fallait vivre avec et après « ça ». Bien sûr, il y eut les militants du « plus jamais ça » qui défilaient en brandissant le passé dans l'espoir d'humaniser l'avenir. Ma passion pour l'histoire est sans doute née de cette impossibilité de me projeter avec confiance dans cet avenir radieux, ou simplement humain. À défaut de sens, j'ai tenté de remonter le chemin sinueux qui serpente au cours des siècles et qui nous mena jusqu'à la plus totale inhumanité.

Au début je traquais la piste dans le silence et la solitude, puis, dans l'étroite chambre mortuaire où nul corps ne repose, j'ai vu se répandre une foule de locuteurs véhéments et péremptoires, s'apostrophant sans respect pour nos disparus. Peu à peu je me suis égaré, perdu, fondu dans cette foule. Il y avait heureusement quelques phares pour nous empêcher de sombrer : Élie Wiesel, Schwartz-Bart, Primo Levi ; puis les révélateurs : Poliakov, Klarsfeld, Friedländer, Lanzmann…

Aujourd'hui, quand j'évoque le silence, l'indifférence et la solitude dans lesquels nous étions plongés, on m'interrompt pour me dire : « De quoi te plains-tu ? Désormais tout le monde écrit ou glose là-dessus. » Pas de feuilleton d'hiver ou d'été, pas de best-seller sans son ancien déporté, son collabo ou, mieux encore, son nazi avec sa petite famille. Je ne me plains pas, c'est sans doute ce que nous voulions, que la mémoire des nôtres hante les vivants à jamais. Quand même, certains jours je regrette le temps du silence.

Cette passion pour l'histoire, notre histoire, mon histoire, m'a fait fréquenter un tas de librairies. Dans l'une d'entre elles, Judaica Hebraica, au cœur du *pletzl* – elle jouxte l'école de la place des Hospitalières-Saint-Gervais d'où furent raflés la presque totalité des enfants –, le libraire m'accueille un jour en m'annonçant qu'il a quelque chose à me montrer, qu'il ne veut pas me vendre, mais qu'il veut que je voie. Il me passe alors un livre édité en Pologne en 1945, un livre de photos. Sur chaque page un squelette vivant aux yeux brûlants me dévisage, parfois le squelette est tenu par deux hommes qui présentent à l'objectif son infinie nudité. Je referme le livre précipitamment et je lui dis que je veux bien l'acheter, mais que je ne veux pas le regarder. Il insiste : « C'est une rareté, introuvable », c'est la première fois qu'il le voit, « les Polaks ont détruit presque tous les tirages ». Je lui demande quel est son prix. Il me répète qu'il ne veut pas le vendre. J'insiste. Il insiste à son tour :

– Installez-vous, prenez votre temps, feuilletez-le, je vais vous donner un café.

Pourquoi me le montrer s'il ne veut pas me le vendre ?

– Pour que vous le voyiez.

– Merci, je vous l'achète et je le regarde chez moi.

Il ouvre alors un placard, débordant de livres de tous formats empilés, comme jetés les uns sur les autres, et m'explique qu'il collecte depuis des années le plus d'ouvrages possible sur l'Holocauste – désolé, la Shoah n'existait pas encore – pour constituer un ensemble qu'il offrira à un musée israélien, l'œuvre de sa vie. Le libraire a trouvé sa *mitzva*, et moi ?

Certains survivants donnent un sens à leur survie : témoigner. Nous, les enfants, nous qui n'avons vécu ni la faim, ni la soif, ni la douleur, ni l'humiliation, ni même l'espoir, de quoi pouvons-nous, devons-nous témoigner ?

S'institua alors à notre usage exclusif un cursus intitulé « devoir de mémoire ». Curieuse terminologie, « incapacité d'oubli » conviendrait mieux, non ? Qu'importe. Grâce donc aux efforts des plus studieux d'entre nous, nos déplacements dans Paris ont évolué au fil des ans. Hier, sur les murs de la Ville lumière, rien n'évoquait la disparition des nôtres. Aujourd'hui, chaque école, lycée ou collège est doté d'une plaque rappelant aux élèves le sort et les noms de leurs condisciples juifs d'hier.

Dans l'île Saint-Louis, un touriste attentif peut lire, tout en suçotant sa glace Berthillon, cette plaque au 12 de la rue des Deux-Ponts :

À la mémoire des cent douze habitants de cette maison,
dont quarante petits enfants, déportés,
et morts dans les camps allemands en 1942

Le travail mémorial s'avère sans fin tant la persécution colle aux murs de Paris. Le Vel' d'Hiv', dès 1944, après avoir servi de centre de regroupement pour les collabos avant leur transfert vers Drancy – oui, on a beau dire, l'humour goy existe –, retrouva ses fonctions festives et sportives. Certains habitués des Six Jours ressentirent avec déchirement la disparition à fins immobilières de ce temple de la vélocipédie. Toutefois une plaque rappelle au passant ce que fut pour nous le défunt Vel' d'Hiv'en juillet 1942. Je ne sais si le gymnase Japy est encore debout et s'il est doté d'une plaque rappelant qu'ici furent regroupés en 1941, 1942, 1943 des juifs raflés en attente de transfert vers Drancy. Faubourg Saint-Martin, l'annexe de chez Levitan, là même où les internés triaient, emballaient et expédiaient les biens volés aux juifs, a été récemment « plaquée ».

Par contre pas de plaque en face, au commissariat, sous la mairie du Xe, là où Suzanne, Maxime et Pleurnichard furent conduits *manu militari* et d'où ils repartirent faute de place dans les camions en partance pour Drancy. Le zèle des fonctionnaires n'est pas sans limites, des agents réellement dévoués auraient dû tasser les autres pour nous faire monter ! Dans ce cas, Pleurnichard, vu son âge, n'aurait pu figurer sur l'une des plaques vouées aux enfants scolarisés. Les associations mémoriales du Xe ont repéré cette injustice et, après des années d'efforts et de travaux, nous fûmes conviés, il y a quelques mois, à l'inauguration d'un modeste monument érigé square Villemin à la mémoire des enfants du Xe déportés avant même d'être scolarisés.

Je ne suis pas très friand des manifestations commémoratives. Mon épouse, elle-même née dans le Xe, m'ayant fait remarquer que nos noms, vu nos âges, auraient pu figurer conjointement sur ce monument, nous décidons d'assister à son inauguration. La cérémonie – si je puis dire – fut à la fois simple et touchante, ou plutôt, pour moi, simple et poignante. Les enfants des écoles lâchèrent des ballons blancs, les jeunes élèves du conservatoire de musique jouèrent le *Kaddish* de Ravel, les paroles prononcées par le maire du Xe, l'adjointe au maire de Paris, Serge Klarsfeld lui-même, ainsi que par le président de l'association mémoriale co-organisatrice avec la municipalité, furent brèves, sincères et dignes. Les noms et les âges des enfants disparus étaient énoncés par un frère, une sœur, un cousin, retenant, soixante-trois ans après, avec difficulté leur émotion, en précisant : « C'était mon frère… ma petite sœur chérie… » Tout cela me remua au-delà de ce que je pouvais me figurer. À la presque fin de l'énumération des quelque soixante-dix noms furent cités le nom et les prénoms de deux frères jumeaux, déportés à l'âge de vingt-huit jours, vingt-huit jours… je fus anéanti par ces vingt-huit jours.

L'orateur précisa qu'ils étaient nés dans la petite maternité de la rue de Chabrol. Cette maternité se situait presque en face de chez moi. Suzanne, un jour, bien après la guerre, me dit que dans cet établissement des drames avaient eu lieu. Comme tous les enfants j'étais curieux de tout ce qui touche à la fabrication et à la livraison des bébés. Était-ce pour répondre à cette curiosité qu'elle jugeait malsaine qu'elle me conta que de l'autre côté de la rue, dans cette maternité précisément, il s'était passé des choses pas très catholiques ?

– Quel genre de choses, maman ?

On avait rendu à une mère un nourrisson né avec une queue !

– Quel genre de queue ?

– Une queue, une queue dans le dos !

Une autre fois un enfant sans colonne vertébrale ! Tout ça sans avertir les parents.

Je ne sais pas si ma mère a su pour les jumeaux, ou si la rumeur publique locale a transformé ces jumeaux en bébés maudits et leurs parents en simples victimes de négligences médicales, quoi qu'il en soit, les jumeaux sont partis, eux, avec leurs parents, le Maréchal ne supportant pas qu'on sépare les familles…

On a beau avoir lu, écrit, étudié, subi, il y a

toujours un détail qui vous stupéfie, un détail qui vous anéantit, un détail qui vous dit : tu ne sais rien de rien sur rien.

Le monument était tout simple. Une plaque translucide, fragile, juste dressée avec les noms et les âges sobrement gravés. En piétinant le gravier, nous le fixions, hébétés. Nous sommes rentrés à pied, ma femme et moi, traversant ce X^e arrondissement où nous étions nés, où nous avions grandi, nous et pas eux, pas les jumeaux. Jacqueline ne pouvait se mettre les vingt-huit jours en tête, elle parlait de vingt-huit mois. Non, non, vingt-huit jours !

Quatre semaines plus tard, poussés par le désir de noter les noms des jumeaux, dont le sort ne cessait de me tarauder, nous retournons square Villemin. Là on tourne et retourne dans les allées à la recherche du monument. Enfin, face à un bout de pelouse vide, je dis :

– Il était là.

Il n'y est plus. On gagne le bureau des gardiens.

– On ne retrouve pas le monument à la mémoire des enfants juifs.

– Mes pauvres, il a pas tenu dix jours ! On avait ordre de le surveiller particulièrement, et c'est ce qu'on a fait, ils ont dû faire ça de nuit.

– Qui ça, « ils » ?

Pour eux, pour ces enfants, pour ces enfants massacrés, comme pour leurs frères et sœurs condamnés au « devoir de mémoire », la guerre continue, elle n'aura jamais de cesse, pour eux, pour nous, c'est une histoire sans fin.

Avis à ceux et celles, enfants, petits-enfants, arrière-petits-enfants, désireux de se soustraire au fameux « devoir de mémoire » : vous aurez beau changer de nom, de pays, de continent, de planète, vous adonner à la sophrologie, la relaxation, le zen, le bouddhisme, vous abonner à *Voici*, *Psychologie Magazine* ou *Valeurs actuelles*, aux trois même si vous en avez les moyens et le goût, regarder jour et nuit des séries télé ou, mieux, les écrire, tout en suivant le foot, le tennis, les sumos, n'ouvrir que des polars ou des bandes dessinées, un jour ou pire, une nuit, l'incapacité d'oubli se glissera dans le tout petit espace laissé vacant un bref instant, et vous vous retrouverez cul par-dessus tête, balayé, noyé sous une déferlante qui vous plongera profond profond.

Et là, rien, ni la gonflette, ni le jogging, ni les pompes intensives, ni la techno, le slam, le rock, rien n'y fera, vous serez chassé à jamais du film en couleur et vous vous retrouverez hagard au cœur du plus terrible noir et blanc.

MAIRIE DU Xe ARRONDISSEMENT.
RÉMI FÉRAUD,
MAIRE DU Xe ARRONDISSEMENT.
ANNE HIDALGO,
PREMIÈRE ADJOINTE AU MAIRE DE PARIS.

Les élus du Xe arrondissement et l'Association pour la mémoire des enfants juifs déportés du Xe,

En présence d'enfants d'écoles de l'arrondissement,

Vous invitent à assister au dévoilement de la stèle dédiée aux 75 enfants juifs du Xe, trop jeunes pour être scolarisés, morts en déportation,

En remplacement de la stèle brisée le 24 juin 2008,

Le vendredi 5 décembre 2008 dans le jardin Villemin à 10 h 15,

Entrée: 8, rue des Récollets.

Une nouvelle stèle, une nouvelle cérémonie digne et recueillie avec l'émotion toujours renouvelée. Le maire du Xe, monsieur Rémi Féraud, signala que la première stèle avait été d'abord souillée, puis brisée, sans autre précision.

Arrêtés par la police du gouvernement de Vichy,
complice de l'occupant nazi,
Plus de 11 000 enfants furent déportés de France
de 1942 à 1944,
Et assassinés à Auschwitz parce qu'ils étaient nés juifs.
Plus de 700 de ces enfants vivaient à Paris dans le Xe.
Parmi eux, 75 tout-petits n'ont pas eu le temps
de fréquenter une école.
Passant, lis leurs noms, ta mémoire est leur unique sépulture.

Suzanne Amar	5 ans
Jacqueline Atlani	4 ans
Benjamin Beer	4 ans
Abel Belfer	2 ans
Gisèle Bendelman	3 ans
Claude Biglajzer	3 ans
Maxime Borenheim	3 ans
Nicole Bronstein	5 ans
Victor Brzyski	2 ans
Danielle Cohen	5 ans
Simone Dorfsznajder	2 ans
Charles Dzialowska	4 ans
Richard Eltabet	4 ans
Annie Feder	3 ans
Serge Fribkowski	5 ans
Régine Goldberg	4 ans
Paul Goldman	6 ans
Daniel Goldstein	5 ans
Roland Groswirt	2 ans
Hélène Gutmacher	5 ans
Hélène Hasman	3 ans
Michèle Hasson	3 ans
Camille Himmelfarb	2 ans
Charles Holstein	2 ans
Cécile Jochimowicz	3 ans
Bernard Kalisz	3 ans
Charlotte Kamer	2 ans
Rosette Kanovitch	1 an
Geila Klajner	6 ans
Szejwa Klajner	4 ans
Simon Laksman	2 ans
Victor Landau	8 mois
Charles Langman	5 ans

Michèle Levy	8 mois
Simon Lew	6 ans
Anna Lew	5 ans
Félix Lipszyc	4 ans
Jeanne Lipszyc	3 ans
Fanny Liwerant	5 ans
Henri Magier	2 ans
Liliane Malc	2 ans
Claude Marx	5 ans
Sonia Mendelewicz	6 ans
Nathan Mestelman	3 ans
Denise Mourawa	4 ans
Suzanne Narva	2 ans
Nicole Nochimowski	6 ans
Michel Ordentlich	11 mois
Pauline Pelcman	3 ans
Albert Poznanski	2 ans
Berthe Bela Poznanski	5 ans
Annette Rafalowicz	3 ans
Paulette Rotholc	6 ans
Marcel Rozenfeld	4 ans
Rose Schachter	6 ans
Augusta Skoulsky	5 ans
Jitla Smutek	4 ans
Georges Spiner	5 ans
Paulette Sterber	5 ans
Simone Sternchuss	4 ans
Lola Sternchuss	6 ans
Marc Szajnberg	3 ans
Albert Szajnfeld	6 ans
Daniel Szulc	3 ans
Michel Tenenbaum	5 ans
Cécile Torczynski	2 ans

Rosette Torczynski	3 ans
Jakie Waldman	4 ans
Denise Weiss	4 ans
Jeannette Weiss	2 ans
Fernand Wiesenfeld	28 jours
Janine Wiesenfeld	28 jours
Henry Winogrodski	5 ans
Jacques Zajac	4 ans
Françoise Zajdenberg	2 ans

Ne les oublions jamais.

Dans *Le Mémorial de la déportation des Juifs de France*, Serge Klarsfeld précise qu'Abraham et Chaja Wiesenfeld, ainsi que leurs jumelles, Jeannine et Fernande*, nées le 9 novembre 1943 à Paris, quittèrent Drancy par le convoi numéro 64 le 7 décembre 1943.

*Sur la stèle inaugurée en 2008, on lit « Fernand Wiesenfeld », alors qu'il s'agit de « Fernande ».

Vacances d'hier au pays des lendemains

« T'as de la chance dans ton malheur ! », le postulat préféré de sa mère pour une fois se vérifiait : les fils de déportés bénéficiaient de vacances gratuites offertes par la solidarité prolétarienne internationale antifasciste et pour la paix. En l'occurrence, « la chance dans le malheur » échouait plutôt à sa mère, qui, non contente d'être veuve de déporté, se trouvait également passablement démunie. La gratuité, fût-ce d'un superflu – les vacances –, bien qu'elle l'humiliât – Suzanne aimait payer –, s'avérait bienvenue. Pleurnichard partit donc, sans son frère trop âgé pour bénéficier des colos solidaires, deux étés de suite avec la FNDIRP – Fédération internationale des déportés internés résistants et patriotes, 10 rue Leroux, Paris XVIe –, dans deux pays de l'Est, puissances invitantes, deux démocraties dites populaires, pays où les lendemains, s'ils ne chantaient pas encore tout à fait juste, battaient déjà très fort la mesure.

Résumons : premier voyage à l'âge de treize ans en Tchécoslovaquie, puis, un an après, toujours en août, direction RDA, Allemagne de l'Est en françouze. Deux pays défunts aujourd'hui, la Tchéquie s'étant retrouvée seule et libre, la Slovaquie ayant rompu leur union, tandis que la RDA se précipitait dès le mur tombé dans le giron de sa sœur jumelle, exécrée et enviée, la terrible et si bourgeoise RFA. Je vous parle d'un temps que les moins de soixante-dix ans ne peuvent pas connaître…

La Tchécoslovaquie

Passons sur les effusions, mesurées, du départ, sur la découverte des camarades partageant avec lui la générosité des travailleurs – Pleurnichard en connaissait quelques-uns de vue –, et venons-en au voyage lui-même.

Bien sûr, se retrouver sans sa mère et surtout sans son frère l'étreignit un temps. Mais les moniteurs les engageant à chanter en chœur *Ma blonde, entends-tu ?* et *La Jeune Garde*, ajouté à l'espérance de découvrir sur terre un monde déjà meilleur, l'empêcha de sombrer dans des états par trop sanglotants.

Est-ce dans ce voyage ou dans le second vers la RDA que le train stoppa à trois heures du matin en gare de Cologne et qu'une poignée d'authentiques antifascistes, transis de froid sur le quai désert, attendaient les petites victimes de guerre en transit vers l'avenir meilleur pour les conduire près de la cathédrale dans un local où on leur versa à gogo des Viandox bien chauds accompagnés de petits pains au cumin ? De quoi en tout cas réchauffer le cœur des incrédules les plus coriaces dont Pleurnichard s'efforçait de faire partie. Le monde plus juste, plus fraternel, plus solidaire existait bel et bien, pour preuve cette avant-garde bénévole et antifasciste sacrifiant son sommeil en plein cœur de ce pays « nazi » pour organiser en gare de Cologne ce Viandox fraternel et pour la paix.

Dans le train, Pleurnichard, aussi grand et gros qu'une allumette (suédoise), se débrouillait toujours pour dormir dans les filets à bagages. Il passa somme toute une nuit agréable, mis à part les quelques instants avant de s'endormir, ou de se rendormir. Le roulis, les sifflets, les haut-parleurs crachotant une bouillie gutturale devenant progressivement teutonesque, les coups de patin intempestifs firent sourdre en lui comme une vieille terreur, une haine des transports ferroviaires, le renvoyant à des voyages dont la destination lui était inconnue, mais là le train ahanait, solidaire, vers un pays frère, où abondaient les Viandox, les antifascistes et les pains au cumin.

En gare de Prague, ils furent hissés dans un autocar et bringuebalés vers leur refuge, un camp de pionniers en pleine verdure, loin de toute agglomération, situé dans une petite vallée boisée où serpentait un cours d'eau. Un bâtiment en dur et quelques chalets de bois, le tout étalé dans les conifères, n'inspiraient à vrai dire nulle certitude d'un monde meilleur. Les pionniers et pionnières, de notre âge, vêtus de bleu foncé pour le bas – shorts ou jupes plissées – et de corsages ou de chemisettes blanches, le tout orné de foulards rouges satinés superbement noués, semblaient nous attendre depuis toujours, au garde-à-vous. Face à eux les Françaises et Français, alignés et vêtus à la va-comme-j'te-pousse, à la grande honte de nos moniteurs, se bousculant, ricanant, niaiseux, sous les regards altiers et froids de nos homologues tchécoslovaques. Là petite précision : les pionniers mis en contact avec les étrangers – fût-ce des enfants comme eux – devaient impérativement appartenir à l'élite pionnière. Nous étions donc face à ces pionniers d'élite qui ne pouvaient, eux, imaginer que nous ne fussions pas nous-mêmes l'équivalence pionnière de l'élite de la jeunesse prolétarienne française, alors que nous n'étions qu'un ramassis hétéroclite de petites victimes de guerre. Passons…

Speech de bienvenue en tchèque, lent et copieux, traduit aussitôt en français par un interprète adulte dont la voix ironique et le rythme alerte réchauffèrent le cœur de Pleurnichard. L'interprète-traducteur se nommait Yaneck, nous y reviendrons.

Ensuite il y eut une étrange cérémonie qui tourna à la déconfiture narcissique de Pleurnichard. Chaque pionnier ou pionnière d'élite dut choisir son homologue français, son camarade de chambrée. Les chalets se composaient de trois chambrettes à deux lits. Les pionniers les plus beaux, les plus blonds, les plus élancés, choisirent en premier et piochèrent dans les quelques spécimens dignes de partager leur intimité. Puis vint le tour des moins bien, du second choix, des châtains, ni gros ni maigres. Ils choisirent eux aussi leur équivalent. Pleurnichard comme d'habitude, comme au cours de la composition d'une équipe de foot improvisée, se sentit jeté au rebut. Enfin vint le tour de la troisième vague. Là, les pionniers d'élite avec lunettes et oreilles décollées, jambes arquées, dos courbé, purent faire leur choix dans ce qui restait. Pleurnichard vit arriver sur lui un nain, oreilles au vent, soutenant des lunettes d'hyper-myope qui lui faisaient deux petits yeux en trou de pine, sans grâce, l'air sournois et dissimulé, de taille réduite, avec les jambes en baguette de tambour dépassant d'un short trop large. Non mais, que foutait cet avorton chez les pionniers d'élite ? Il s'arrêta face à Pleurnichard et lui sourit. Notre héros l'ignora comme s'il ne le voyait pas à travers ses propres grosses lunettes. L'autre alors lui prit la main et l'entraîna vers leur chambrette. Pleurnichard, que nul ne regardait, se crut obligé de faire le mariole s'étonnant à la ronde : comment se fait-il que tous et toutes vous ayez eu droit à un alter ego à votre image alors que moi, Pleurnichard, je me trouve entraîné par un gnome à lunettes ? Il était de sa taille, il avait l'air ahuri, égaré, pour un peu on aurait dit qu'il était déjà chauve, ses dents étaient gâtées – les dents de la majorité de ces pionniers d'élite, même de ceux de la première vague, étaient gâtées. On m'assura plus tard que c'était dû à la médiocre qualité de l'eau. Je crois que c'était plutôt dû à la gratuité des soins dentaires. Quoi qu'il en soit, j'étais casé dans tous les sens du terme.

Une copine nous croisant m'assura que nous faisions penser à deux frères jumeaux, merci ! Elle-même n'était pas mieux lotie. Son double bas du cul s'appelait quelque chose « ova », comme apparemment toutes les filles tchèques d'élite ou pas. Quand on distribuait le courrier, on entendait Anna quelque chose « ova », toutes les vingt secondes, et à chaque fois une autre Anna autre chose « ova » venait se saisir de la lettre.

Pour les garçons, je vous l'ai dit, le prénom à la mode était Yaneck.

Il faut dire que nous étions souvent en rang. Matin et soir on levait et abaissait les couleurs. Les Tchèques, bien entraînés, gagnaient le concours de vitesse à tous les coups. Toutes les deux heures, rassemblement avec rondes et chants, histoire de fraterniser. Les chants étaient révolutionnaires. L'un d'eux, que nos camarades de chambrée semblaient pressés de nous apprendre, était une sorte d'hymne à la gloire du camarade président du pays, *Spresidentem Gottwaldem*. On le chantait au lever et au coucher des couleurs, ainsi qu'à quelques rassemblements, mais pas à tous. Souvent, au garde-à-vous, face à nos trois couleurs et au drapeau tchèque que deux blonds élancés faisaient grimper à la volée, tout en rivalisant de vitesse, Pleurnichard avait du mal à garder son sérieux. Il était gêné aussi par les rondes, d'inspiration folklorique, qu'il jugeait enfantines et peu dignes de son statut d'orphelin.

Chanter en chœur par contre lui convenait. Il se sentait pourvu d'un bel organe et il pouvait truffer les chants d'inventions diverses destinées à faire pouffer les copains sans crainte d'être repris. À chaque speech – et ils étaient nombreux –, à chaque nouveau message fraternel d'amitié, de soutien et d'attachement au camp de la paix, le traducteur reprenait en français avec un soupçon d'ironie, ou disons une distance, qui replaçait les propos lénifiants du directeur dans une couleur convenant mieux à Pleurnichard et à son humeur. Ce fut ainsi que naquit l'amitié entre ce Yaneck adulte et l'enfant Pleurnichard. Nos moniteurs et monitrices s'efforçaient de répondre au même niveau d'intensité fraternelle internationale et pour la paix, mais, n'étant pas du tout d'élite, leurs propos, même traduits, tombaient le plus souvent à plat, au point qu'au bout de quelque temps l'un d'entre eux eut l'idée de nommer Pleurnichard lui-même au poste peu envié de porte-parole. Et c'est ainsi que Pleurnichard devint la voix de la France, et commença une carrière de bavard insincère, poursuivie jusqu'à aujourd'hui dans des cérémonies ou réunions sentencieuses, voire commémoratives, dont je vous épargne le détail. Cette fonction quasi officielle le rapprocha davantage encore de Yaneck. Outre les rassemblements, les levers de couleurs, les chants, les danses, nous avions de nombreuses activités, toutes destinées à rapprocher les peuples et à exalter ce rapprochement. Partout et toujours Yaneck était près de nous pour traduire.

Quelques épisodes mériteraient sans doute d'être évoqués en détail. Sachez par exemple que Pleurnichard se trouva membre volontaire de la chorale de l'amitié franco-tchécoslovaque composée de l'ensemble des deux effectifs au complet.

Un compositeur d'État, venu de Prague pour fonder, former et diriger cette chorale, nous fit placer tous et toutes devant lui sur plusieurs rangs et nous fit chanter en chœur. Aussitôt sa main se leva pour stopper le chant, puis d'un doigt il désigna Pleurnichard dans la foule et lui fit signe de sortir du rang. Pleurnichard, pas peu fier d'être si vite distingué dans ses débuts de chanteur à voix, avança, modeste et conquérant. Le compositeur lui demanda alors par gestes de chanter seul. Pleurnichard ouvrit un large bec. Le compositeur porta immédiatement ses mains à ses oreilles tout en faisant signe à Pleurnichard de se taire. Ensuite il y eut une discussion très animée en tchèque entre le compositeur d'État et Yaneck. Ce dernier informa alors Pleurnichard que le compositeur ne souhaitait plus sa présence au sein de la chorale de la fraternité et de la paix.

– Pourquoi ?

– Il pense sans doute que tu es plus soliste que choriste.

Pleurnichard fut dégagé. On créa pour lui un groupe fraternel d'échange culturel franco-tchèque dont il fut le seul membre, et qui ne se réunissait que lors des répétitions de la chorale.

Pleurnichard eut plus de chance lors des

Olympiades solidaires. Il s'avéra très doué au lancer du disque. Allons, allons, pas de chahut, s'il vous plaît, quand je dis doué, c'est doué ! Il savait admirablement décomposer puis recomposer le geste technique du discobole très difficile à saisir, et surtout à reproduire. Le moniteur de lancer, dès qu'il s'agissait du disque, appelait Pleurnichard pour qu'il exécute parfaitement le geste auguste du lanceur. Le disque tombait trente-huit centimètres plus loin que le bout de son bras, mais le geste, lui, était parfait. Le moniteur disait toujours : « Inspirez-vous du geste, pas du jet. »

Il y eut aussi quelques fâcheuses retombées de son exclusion de la chorale. Dès qu'à l'un des rassemblements journaliers Pleurnichard mêlait sa voix à celles des autres, tous s'arrêtaient de chanter. Pleurnichard se rattrapa alors avec les danses folkloriques. Une camarade française chantait fréquemment « Padam, padam, padam, ce passé qui la montre du doigt », etc., ce qui faisait ricaner Pleurnichard et provoquait l'enthousiasme de l'élite franco-tchèque.

Il y eut également quelques désaccords, dont l'un concerna les repas, la composition des repas plus précisément. Au bout de quinze jours de mie de pain roulée baignant dans du jus de viande, midi et soir, Pleurnichard prit la tête d'une délégation contestataire exigeant de savoir où passait la viande qui servait à la confection du jus.

On lui expliqua qu'il s'agissait là du plat traditionnel et national tchèque, et même slovaque. La délégation, sous la férule de Pleurnichard, ne céda pas et exigea un changement radical de plat national. Les quinze autres jours ils purent alors se régaler avec des morceaux de patates trempés dans le même jus de viande. Ils avaient gagné. Seule la collation dite de dix heures, composée d'un verre de lait et de petits pains, fut unanimement plébiscitée par les revendicatifs petits franchouillards qui évoquaient de plus en plus les larmes aux yeux le steak-frites, même si la plupart d'entre eux n'en mangeaient jamais chez eux, abonnés qu'ils étaient au bouillon *krepler*, aux harengs gras et à l'aubergine hachée.

Autre motif de discorde franco-tchèque – mais là Pleurnichard se trouva totalement isolé –, la direction du camp donna l'ordre de former des patrouilles nocturnes afin de déjouer toute tentative d'invasion des troupes impérialistes. Une ou un Tchèque donc, accompagné de son homologue camarade de chambrée, devait ainsi, muni d'une lampe de poche, faire la ronde à heures fixes, dans les bois et en pleine nuit, histoire de déjouer les plans de guerre capitalistes. Pleurnichard s'éleva contre cette mesure. Il n'avait aucune envie de traîner la nuit dans les bois en compagnie de son gnome. Il déclara même que les impérialistes étant déjà présents à l'intérieur du camp, il était inutile d'espérer déjouer leur arrivée. Les moniteurs français se fâchèrent tout rouge et retirèrent leur confiance à Pleurnichard. Ils n'aimaient pas du tout être ainsi traités d'impérialistes alors qu'ils sacrifiaient leur été pour participer à la lutte pour la paix, la fraternité, l'amitié entre les peuples, l'édification du socialisme, etc., etc. Pleurnichard ne reçut même pas le soutien de ses proches camarades. L'un d'eux lui expliqua à mi-voix que la ronde nocturne et la lampe de poche permettaient juste le zieutage des craquettes et des zigounettes de celles et ceux qui sortaient de leurs cases pour pisser la nuit dans la nature. Trop myope, trop peureux ou trop puritain, Pleurnichard refusa de monter la garde à son tour, prétextant qu'il ne sortait jamais la nuit, même pour pisser.

Lassée sans doute d'attendre l'assaut des troupes impérialistes, la direction du camp organisa elle-même son invasion par l'élite de l'armée tchèque : les parachutistes du peuple. Invasion qui devait devenir la grande affaire de notre séjour. Un soir donc, les pionniers et pionnières, toutes nationalités confondues, furent informés que le surlendemain, à dix heures trente, juste après le lait et le petit pain, le camp allait être cerné par l'armée du peuple tchécoslovaque, puis envahi sur le coup de midi afin qu'on puisse partager nos pommes de terre dans le jus de viande avec les vaillants soldats de la paix. Ainsi fut fait.

L'armée débarqua, cerna le camp, des grenades – à blanc nous dit-on – furent jetées dans le ruisseau, faisant gicler des gerbes d'eau, puis un pont fut dressé par le Génie. En général on passait d'une berge à l'autre à gué, avec de l'eau jusqu'aux chevilles, mais là ils dressèrent un pont. Enfin, en rampant, crapahutant, barda sur le dos, arme en main, un groupe d'élite déboula du haut de la colline par le bois, puis, s'abritant derrière les chalets, fit parler la poudre. Nous étions près des bâtiments en dur, près des mâts, des drapeaux, prêts à nous rendre à tout moment, mais l'armée voulut y mettre des formes. Le camp enfin, sur le coup de midi vingt, fut totalement envahi, conquis, réduit, pacifié. L'armée tchèque pour la liberté et la paix, la fraternité et l'amitié entre les peuples, triomphait sur tous les fronts à la grande joie de la direction, des pionniers d'élite et de nos monos. Seul un petit groupe de Français, travaillé au corps par les discours violemment pacifistes de Pleurnichard et de sa garde rapprochée, refusa de crier « Hourrah ! » trois fois de suite trois fois de suite, ce qui faisait neuf « Hourrah ! » en tout. Après ces hourrahs et quelques discours, on passa à table. Là on chanta et Pleurnichard put chanter avec les autres *Spresidentem Gottwaldem*. On poussa même en guise d'apéritif un petit coup d'*Internationale*, en français s'il vous plaît. Ensuite un soldat sauta sur une table et dansa entre les verres et les assiettes, tapant d'une main sur ses bottes, déchaînant alors un tonnerre sincère de hourrahs. L'après-midi, l'armée nous régala d'un parcours complet du combattant, exercice quotidien d'entraînement des paras. Les troupes d'élite étaient composées de grands gaillards blonds et élancés qui réalisèrent des parcours sans faute, sautant, rampant, grimpant, jaillissant, toujours équipés de leur barda et de leurs armes, avec une grâce et une aisance incroyables. Quelques rachos cependant, placés là pour assurer la partie comique du spectacle, s'évertuaient à les suivre. L'un d'entre eux, un peu replet, parti en dernier, ne parvint ni à ramper, ni à sauter, ni à grimper sans déchaîner rires et quolibets. À la fin, quand le commandant lui fit grâce des trois quarts restants du parcours, il fut chaleureusement applaudi par les Français. Il ne sembla pas si heureux que ça de son succès, ses supérieurs non plus.

Ce jour-là, Pleurnichard eut une idée. Il avait monté avec un petit groupe de Français une chanson mimée, *J'avions reçu commandement de partir pour la guerre*, vieille chanson française remise au goût du jour par Yves Montand, notre idole prolétarienne et solidaire, la chanson mimée étant à l'époque le summum de l'art en colo. Pleurnichard n'y chantait pas, mais il assurait seul la partie mimée. Il proposa donc à Yaneck de négocier avec l'armée tchèque un prêt de képis, bérets, baudriers ou autres accessoires militaires, histoire d'enrichir la représentation de la chanson mimée. Yaneck déclara qu'à coup sûr les militaires allaient refuser. Pleurnichard insista.

Yaneck revint bientôt avec un refus catégorique : on ne rigole pas avec les symboles de l'armée nationale populaire ! Devant la déception de Pleurnichard, Yaneck se laissa aller à déclarer : « Toutes les armées du monde sont peuplées d'imbéciles. » Après cette phrase, l'amitié, pour ne pas parler d'amour, l'admiration en tout cas que Pleurnichard éprouvait pour Yaneck devint sans limite. Le soir, sans accessoires ni attributs militaires, ils présentèrent au feu de camp leur chanson mimée et obtinrent un joli succès, pas auprès des militaires qui préférèrent de loin padam, padam, padam.

Le lendemain matin les militaires se prêtèrent volontiers à une libre discussion avec les petits Français, ceux-ci pouvant leur poser n'importe quelle question sur n'importe quel sujet. Donc, en présence du directeur, des moniteurs français et tchèques, de Yaneck bien sûr pour traduire, les petits Français posèrent une batterie de questions. Pleurnichard là était à son affaire, pas de danger qu'on le fasse taire et qu'on le sorte pour créer une amicale solitaire. Les questions banales et diverses se virent offrir comme réponse soit « secret militaire », soit, mais plus rarement, « secret d'État ». Enfin, à une question précise sur les effectifs réels de l'armée tchèque, posée par Pleurnichard d'une voix relativement agressive, la réponse varia. Yaneck la traduisit du bout des dents : les effectifs de l'armée populaire tchécoslovaque sont suffisants pour repousser toute tentative d'invasion du territoire national par les troupes impérialistes, bellicistes, etc. Ce qui déclencha des applaudissements polis chez les moniteurs français. Pleurnichard alors proposa, fort de la déclaration de Yaneck de la veille, un changement de règle du jeu : que les camarades soldats de l'armée du peuple frère posent eux-mêmes des questions aux jeunes impérialistes français qui leur répondront avec joie et sincérité. Un officier, poliment, tout en ricanant de gêne, demanda jusqu'à quand les camarades de France resteraient au pays. Pleurnichard répondit que bien qu'il ne s'agisse ni d'un secret militaire, ni d'un secret d'État, il préférait ne pas répondre afin de garder l'initiative de la manœuvre en cas de repli. Face à l'impertinence de Pleurnichard, la libre discussion cessa.

Plus tard, dans l'une des rares occasions où

Pleurnichard se trouva seul face à Yaneck, il lui demanda pourquoi un interprète comme lui, qui semblait si compétent en français, se retrouvait dans ce trou perdu condamné à traduire des âneries à des mioches. Yaneck répondit qu'il ne s'était pas retrouvé du bon côté en 1948. Pleurnichard fit mine de comprendre, hochant la tête, il ne savait pas ce qu'était 1948.

Comme c'est bizarre, je suis là à me secouer la couenne, à me tordre les méninges pour tenter de livrer le substrat pur jus des aventures slavophiles de Pleurnichard, et c'est Jean-Claude qui déboule dans les allées du marché Saint-Quentin, courant en tous sens, cherchant sa mère, Suzanne, elle est passée par ici, elle repassera par là. Peu à peu l'angoisse monte. Et si elle s'était perdue ? Et si je m'étais perdu ? Et si on ne se retrouvait jamais plus ? Les marchands me guident, ils me connaissent : « Mon petit elle vient de passer y a pas cinq minutes, cours vite, elle doit être aux légumes ! » Le marché est immense, ses travées se croisent, se décroisent, des bouchers, des poissonniers, des marchands de fruits, y en a même un qui ne vend que des fruits pourris. Jamais Suzanne n'y va, jamais, pour rien au monde, elle en est fière, jamais de fruits pourris, pas même gâtés, et pourtant elle y voit madame Machin et monsieur Truc, aux fruits pourris, elle jamais, que du bon, à peine mûr, que du cher. Ainsi sont les pauvres.

Jean-Claude court et court encore. Il a huit neuf dix onze… Il cherche maman, une boule dans la gorge. Il s'affole, passe, repasse, le boucher, le gentil boucher, celui qui rajoute une escalope gratos pour les petits, celui que Suzanne va quitter pendant huit ans, qui sanglote avec madame la bouchère quand il voit passer le Jean-Claude : « Comment va ta maman ? Mais qu'est-ce qui lui a pris ? Qu'est-ce qu'on lui a fait ? » – « Ils m'ont manqué de respect, à sept heures et quart un soir il a dit comme ça : "J'ai pas d'araignée, madame Suzanne, vous voulez quand même pas que je vous découpe une bête exprès pour vous à c't'heure-ci ?" ». Ah, c'est comme ça ? Puni ! Huit ans ferme ! Passé huit ans, elle revint : « J'espère que vous allez bien me servir maintenant ! » Il l'embrasse, ils en pleurent de joie. Il la gâte. Mais stop, je me disperse, je me disperse.

Il faut que je retrouve maman, je cours, coudes au corps, tête dodelinante, cœur battant, je suis fait pour l'endurance, cinq mille, dix mille, comme Zatopek. « Elle était là y a pas trois minutes, elle doit pas être bien loin. » Oui, mais par où aller, où tourner ? Je cours encore. Cette fois-ci les larmes me montent aux yeux, je ne la reverrai plus, plus jamais. La voilà. Devant le marchand d'abats elle choisit des pattes de poulet, pour un bouillon dit-elle. Je suis près d'elle, elle tourne à peine son regard sur moi et avec sa voix nasale de Parigote tête de veau à la polak me glisse : « Tiens, te v'là ? » Je souris, elle sourit, rien de plus. Ses joues deviennent peut-être un peu plus rouges. Elle a volontiers les joues rouges et le nez avec. Un médecin, à qui elle demande conseil, lui a dit d'arrêter de boire. Elle l'a engueulé, j'te prie de croire, comme du poisson pourri.

Non, on ne se prend pas dans les bras, on ne s'embrasse pas éperdument. Pourtant j'ai bien failli la perdre, ne jamais la revoir. Sans ma course héroïque, mon courage indomptable, je la loupais. Ah, comme j'aimerais la prendre dans mes bras et la serrer fort, très très fort, non pas hier, aujourd'hui, maintenant, tout de suite. Non, on ne se prenait presque jamais dans les bras. Même quand je suis revenu en 45, après deux trois ans d'absence, je me suis caché derrière mon frère sur le palier pour ne pas dire bonjour à la dame. On ne se disait jamais non plus je t'aime, jamais on ne se léchait la pomme, presque jamais. Caresse de chien, ça donne des puces. Oui, comme j'aimerais aujourd'hui te serrer contre moi et te dire… Pleurnichard au secours ! Ne le laisse pas s'attendrir ! Le vieux gâteux sénile glisse à peine un pied imaginaire dans le marché Saint-Quentin et le voilà déjà tout bouleversifié ! Ils ont voulu le démolir – l'immobilier, les affaires, un truc comme ça, immense, à deux pas de la gare de l'Est –, mais le quartier, les gens du quartier l'ont sauvé. Mon marché, son marché. On habitait au 34 rue de Chabrol, elle travaillait au 26, et le marché était au bout de la rue.

– Elle est tendre votre barbaque ?

– Un beurre, ma p'tite dame, un beurre.

– Combien les limandes-soles ?

– C'est marqué sur l'ardoise !

– Rien que ça ? Ma parole, vous les pêchez à la main avec une canne en or !

Elle achetait des coques, des moules, des merlans, des maquereaux. Tous les soirs il fallait que le menu change. On aurait mangé deux fois de suite des œufs ou du poisson, patatras, illico la crise d'urticaire maousse. On vivait dans la terreur de la crise d'urticaire. Il fallait alterner les légumes aussi, sinon… Les boulettes de viande hachée et le *pétlégélé* – caviar d'aubergine –, c'était le samedi midi quand elle ne travaillait pas. Ce jour-là je ne mangeais pas à la cantine. Pour les petites victimes de guerre, la cantine était gratuite.

« Tiens, te v'là », comme si je sortais de nulle part et qu'elle était étonnée de me trouver là. « Toujours prêt à glisser tes deux pieds sous la table ? » Le soir, après le boulot, elle faisait la lessive, après avoir fait la vaisselle. Nous, les deux fistons, le nez dans nos bouquins, ou alors s'engueulant: « J'ai mis la table, c'est à toi de débarrasser ! » On finissait par se foutre sur la gueule. Elle arrivait avec son manche à balai pour nous séparer.

Oui, comme j'aimerais maintenant, maman, descendre ta poubelle, notre poubelle, sans que tu aies à me supplier dix fois. Je n'aurais peut-être plus peur aujourd'hui ? Dès qu'il faisait noir je tremblais de trouille dans les escaliers de peur que la minuterie ne s'éteigne au milieu d'un étage. Je descendais, claquant des dents, sans jamais croiser personne, puis je traversais la cour, le long du mur, comme un partisan soviétique, jusqu'à la grande poubelle où je vidais ma petite poubelle comme on jette au rebut les ennemis du peuple. Puis je repartais en courant, triomphant. Se plaignait-elle ? Et à qui… La nuit on l'entendait rarement pleurer. On dormait. Le soir ménage, raccommodage, repassage.

– Laisse-moi porter ton filet, maman…

– Non, c'est lourd.

– Je suis fort, maman, je suis fort !

Le soir je boxais devant la glace de son armoire à glace.

– Qu'est-ce que tu fais ?

– Je m'entraîne, maman.

Crochet du gauche, direct du droit. Tiens, tiens, tiens !

– Viens t'entraîner à essuyer la vaisselle !

– C'est à Maxime de le faire, moi j'ai descendu la poubelle !

Et ça y allait, ça gueulait.

– C'est pas juste, c'est toujours les mêmes qui font tout !

Non, on ne s'embrassait pas, on ne se déclarait pas notre amour toutes les trois secondes comme dans les films américains et les télés françaises, *I love you*, je t'aime, tu sais, n'oublie pas que je t'aime… Nous, on gueulait. Il n'y avait qu'un mot tabou, un seul. Si je me laissais aller à le prononcer, c'était terrible :

– J'en ai marre !

– T'en as marre ???

Elle hurlait, elle grimpait au plafond. « Il en a marre !!! » Elle, elle était en droit d'en avoir marre, alors l'idée que moi je puisse revendiquer ce droit qu'elle s'interdisait d'exercer… « Monsieur en a marre !!! Je vais te faire voir, moi, qui en a marre ici ! » Et elle me poursuivait torchon levé. « Oui, oui, oui, j'en ai marre, archi-marre ! Marabout bout de ficelle… » Ah, si l'on pouvait corriger le passé, si l'on pouvait, alors oui, ça vaudrait le coup de s'échiner à le raconter. Allons, allons, trêve de jean-clauderie, retournons vers Pleurnichard, lui au moins sait se tenir. Où est-il passé celui-là ? L'émotion m'a fait perdre le fil. Pardon ? Prague ! Oui, oui, Prague. Zatopek ! Merci. J'y suis, j'y cours, j'y retourne.

Et si c'était un salaud comme les autres ?

Après la remise du foulard rouge – façon soie – de pionnier d'élite d'honneur à chaque petit Français par son compagnon de chambrée, accompagné des indispensables petites médailles chromées immortalisant le séjour, à épingler près des médailles de Lénine Staline Gottwald Thorez, et celles plus rares de la MJTP ou de la FSGT, vint l'instant du dernier discours, suivi du dernier et si solennel baisser des couleurs. Là, les Tchèques, fair-play, laissèrent l'équipe de France gagner la course. Enfin vinrent les derniers remerciements, les derniers serments d'amitié et d'unité entre les peuples, pour la paix, la justice, avant le dernier chant et la dernière danse.

C'est à cet instant que les enfants tchèques, sans mot d'ordre ni injonction, spontanément dirons-nous, étreignirent, sanglotants, les enfants français qui étreignirent en retour, sanglotants idem, les pionniers d'élite. Tous et toutes sanglotant et s'étreignant – Pleurnichard, les yeux secs, se sentit dépassé un instant – tout en échangeant fiévreusement leurs adresses : « On se reverra à Paris ! » Les Tchèques feignaient d'y croire. Les Français y croyaient : « On est bien venus, nous, pourquoi pas vous ? »

Pleurnichard, pressé de quitter son double

à lunettes, dont les larmes risquaient malgré lui de devenir contagieuses, fixa un instant le sourire de Yaneck comme pour le graver dans sa mémoire. Il y est encore. Sourire qui faisait disparaître ses lèvres et plisser son front comme si Yaneck se trouvait perpétuellement sous l'emprise d'un souci majeur qu'il se devait de relativiser et de prendre par-dessous la jambe. Tous deux, Yaneck et Pleurnichard, savaient qu'ils ne se reverraient plus.

Une fois dans le car, les nouveaux pionniers d'honneur sinon d'élite ravalent leurs sanglots en entonnant « Ce n'est qu'un au revoir mes frères », tandis qu'une monitrice reniflante redresse le nœud de Pleurnichard. « Ton foulard rouge est noué de travers. » Pleurnichard ricane. Par extraordinaire il est le seul à ne pas larmicher. Les Tchèques d'élite, pris de folie, entravent le départ du car, se massant devant, en entonnant un ultime et vibrant *Spresidentem Gottwaldem* aussitôt repris à l'intérieur. Puis les Tchèques chantent et dansent, toujours devant le car, *Tantsouï tantsouï*. Il y a peu je connaissais encore les paroles par cœur :

Tantsouï tantsouï
Vicroustsaï vicroustsaï
Lenmi pietskou
Nietroutsaï nietroutsaï
Dobra pietsca

Nasimou nasimou
Nema kadjdi
Pereïno pereïno
Trala hop hop
Trala hop hop
Tralalalala…

Bon, passons. J'arrive à chanter faux même à l'écrit, surprenant, non ? Que les pionniers d'élite et les autres me pardonnent, le temps efface tout, même les plus belles choses.

À Prague on les installa à l'hôtel Praha. Trois à quatre par chambre selon affinités. Dans le hall, au passage, l'un d'entre eux lut sur un menu : pommes de terre à la française. Ce ne fut qu'un cri : « Des frites ! Des frites ! » Le soir même, dans la splendide salle à manger de l'hôtel Praha, on leur servit les fameuses pommes de terre à la française qui selon les connaisseurs se révélèrent être des pommes de terre à l'anglaise, autrement dit de vulgaires pommes à l'eau. Amère désillusion, sarcasmes et désespoir ! Certains les écrasèrent de rage, les réduisant en purée. Le socialisme guide les peuples vers la justice, le bonheur et la paix, c'est entendu, mais question patates…

Le lendemain, visite de Lidice, village martyr, l'équivalent tchèque d'Oradour-sur-Glane. Le guide explique qu'ici, à Lidice, les bandits nazis, après avoir massacré la population, hommes, femmes, enfants, rasèrent le village et, afin qu'il n'en restât rien, réduisirent chaque pierre en gravier. Effectivement, il n'y a plus de village, ni même de ruine, que du gravier. Beau boulot.

On remonte dans le car et on chante « Il descend de la montagne à cheval, il descend de la montagne à cheval… ». Que voulez-vous, c'était si loin, tout ça, Lidice rasé en 1943, presque dix ans déjà.

Deuxième excursion, visite du camp de Terezin et de son ghetto. Tour du camp et des annexes, avec en prime l'opportunité d'une visite guidée de l'exposition temporaire consacrée aux salles de torture nazies. Exposition organisée par l'Union des combattants antifascistes tchécoslovaques. On pouvait y découvrir des baignoires équipées de chaînes, des menottes, des crochets – de boucher précisa le guide sans en détailler l'utilisation –, différents modèles de cravaches, de fouets, des chevalets, des cisailles, des tenailles, et même un énorme marteau – une masse – dont le mode d'emploi ne nous fut pas précisé. Je n'ai pas gardé un souvenir marquant de la visite du camp et de son ghetto, éclipsée dans ma mémoire par les salles de torture. Par le plus grand des hasards, j'ai retrouvé l'une des brochures distribuées à chaque visiteur de la petite forteresse de Terezin et de son ghetto. L'auteur tient cette brochure à la disposition de qui voudra la consulter (voir page 119).

Le troisième jour, en fin d'après-midi, grande réunion meeting de la Jeunesse mondiale pour la paix, l'amitié, etc., etc., avec au centre du stade un portrait moyennement géant de Clément Gottwald – *Spresidentem Gottwaldem* – et un autre réellement géant de Staline, l'homme que nous aimons le plus. Le stade est comble. Nous sommes, nous les jeunes, le spectacle et les spectateurs. On chante, on crie, on porte tous et toutes un foulard rouge, on lève le poing, on s'applaudit, on s'acclame, on finit par s'embrasser, certains – pas Pleurnichard – essaient même d'embrasser des pionnières internationales sur la bouche. Mais elles disposent d'une technique spéciale pour présenter l'arrière de leurs oreilles ou leurs nattes à toute bouche étrangère.

Pour se rendre au stade, on est partis de l'hôtel à pied, en rangs et au pas – foulard oblige – en chantant. Bien entendu Pleurnichard s'en est payé une sacrée tranche. Il adore chanter avec les autres en fin de compte. Est-ce sa faute si dame Nature l'a doté d'une voix tonitruante et d'une ouïe inaccessible à la moindre mélodie ? On marche donc au pas, poing levé, et on chante :

Avanti popolo
Alla riscossa
Bandiera rossa
Bandiera rossa

Etc.

À la fin, pour faire bon poids, une voix unique brame : *« Ambassore ! »* Et le groupe répond en chœur : « Staline Staline Staline ! »

Pleurnichard constate alors, non sans surprise, que les rares passants qu'ils croisent rentrent la tête dans les épaules comme s'ils s'abritaient du vent ou de la pluie, alors que ni il ne pleut, ni il ne vente. Ce ne sont que visages moroses, hostiles, personne ne joint spontanément sa voix à nos « Staline Staline Staline ! », nul ne crie « Hourra Hourra Hourra ! » à notre passage. Ah, on est bien loin de la verdure et des pionniers d'élite ! Pleurnichard fait remarquer la chose au moniteur le plus proche. Lui aussi l'a constaté avec joie car c'est la preuve du succès du socialisme naissant. Tous ces passants à lugubre figure ne sont rien d'autre que des vestiges de l'ancien régime, d'ex-profiteurs de guerre, d'ex-infâmes collabos fascistes, d'ex-bourgeois décadents suceurs du sang des travailleurs que le nouveau régime a mis au pas et au boulot. Et c'est pourquoi ils font cette gueule-là, bien fait pour eux ! Et le moniteur soudain crie : « Au poteau les koulaks ! » Personne ne sait précisément ce que sont les koulaks, mais ce cri fait frémir de joie toute la troupe, Pleurnichard en tête. Puis le moniteur, dans un soupir, conclut : « Pourvu que ça vienne vite en France… » Pleurnichard approuve encore.

Une fois installé dans le tram ou le trolley, il faut le dire au risque de froisser rétrospectivement la modestie intraitable de Pleurnichard, il a une intuition inouïe. Soudainement il se penche à l'oreille de son copain et chuchote :

– Et si c'était un salaud comme les autres ?

– Qui ?

– Staline.

Le copain reste sans voix, ouvrant la bouche, manquant d'air comme un poisson balancé sur la berge.

Pleurnichard poursuit sans pitié :

– Si c'était un salaud comme Truman, Ridgway, Eisenhower, de Gaulle, Blum…

– T'es pas dingue !

Si, si bien sûr, il était dingue. Il fallait qu'il soit dingue sinon c'était à devenir dingue.

D'un éclat de rire libérateur il repousse l'intuition inouïe, inconcevable. Son pote alors soulagé se met à rire à son tour.

– Ah, tu m'as eu, tu m'as foutu les chocottes, tu sais, j'ai cru que tu virais au dingue !

Tous les deux, après s'être réconfortés en se bourrant le buffet de brefs coups de poing, toisent les indigènes avec mépris, tous et toutes en train de se bouffer les lèvres comme Yaneck.

Se peut-il qu'ils aient tous été du mauvais côté en 1948 ?

Pour le dernier jour on leur proposa, au choix, de voir soit le cimetière juif – non mais ça va pas ! –, ou le monument au mort soviétique libérateur du territoire – non merci, pas de mort aujourd'hui –, ou l'antique synagogue – au mot de « synagogue » on conspua littéralement l'orateur. Toutes ces propositions et d'autres du même tonneau furent écartées avec mépris. Pleurnichard a son idée : Zatopek, Zatopek, on veut voir Zatopek ! Va pour Zatopek.

Une nouvelle fois on marche dans les rues de Prague, mais cette fois-ci on en oublie de chanter et de marcher au pas. L'idole de la jeunesse progressiste, le plus grand champion de tous les temps, le plus laborieux aussi, un vrai coureur de fond prolétarien souffrant en courant comme les ouvriers souffrent pour nous, Zatopek, le triple ou quadruple champion olympique, nous attend. Les filles râlent un peu, on les fait taire – padam, padam, padam –, ça y est, on est au pied de sa maison. Silence religieux, excitation maximale. Maison modeste mais curieusement décorée d'une sorte de revêtement en tôle ondulée façon carrosserie de deux-chevaux. L'accompagnateur sonne au deuxième étage, tous et toutes attendent sur le palier, au coude à coude. Le cœur de Pleurnichard bat la chamade. Enfin une dame avec un tablier entrouvre la porte palière.

L'un des copains murmure : « C'est la bonne. » Les moniteurs le foudroient du regard.

– On veut voir Emil.

– Il est pas là.

– Merde !

– À cette heure-ci il est à son travail.

– À son travail ? Il s'entraîne ? On peut le voir courir ?

– Courir n'est pas son travail. Il est à sa caserne. Le camarade Emil Zatopek, mon mari, est capitaine dans l'armée populaire tchécoslovaque.

Déception.

On demande alors la permission d'entrer pour voir où vit le camarade capitaine Zatopek. La porte claque. Un courant d'air sans doute. On repart heureux quand même. On a vu la maison de Zatopek et sa femme en tablier. Le soir à table on mange nos pommes de terre à l'eau en imitant Emil. On bouge les bras, on dodeline de la tête, on souffle en recrachant nos pommes à l'eau à chaque expiration tout en s'étouffant de rire le nez dans nos écuelles.

Puis on hurle :

– Hourra hourra hourra !

– Staline Staline Staline !

– Vive Zatopek !

Le lendemain, on rentre à Paris, non sans avoir constaté qu'à part la salle du restaurant de l'hôtel Praha et la maison de Zatopek et sa façade ondulée façon deux-chevaux, la ville de Prague, question architecture, ne casse pas trois pattes à un canard. Y a rien à voir. Ça, c'est pas Paris, c'est sûr. Et même Paris, question architecture…

En fin d'après-midi le train fait halte en gare de Pilsen, ville célèbre pour sa bière. Là, à même le quai, des hommes s'activent remplissant des chopes en carton d'un demi-litre d'une bière blonde et mousseuse qu'ils offrent par les fenêtres aux voyageurs :

– C'est gratos !

Aussitôt c'est la ruée, tous les gosses tendent la main.

– Moi ! Moi ! Moi !

– Pas de panique, y en aura pour tout le monde.

Le train redémarre. Tous les gamins, filles et monos y compris, tiennent leur demi-litre. Quelle chouette idée de rapprochement entre peuples !

Boire un petit coup, c'est agréable…

Seul Pleurnichard, le rabat-joie, n'a pas tendu la main par la fenêtre du compartiment de peur sans doute de perdre sa place dans le filet. Pleurnichard aime son petit confort, déjà. Les copains et copines dégustent leur bière à petites gorgées. Pleurnichard décide qu'il n'aime pas la bière.

– T'en as déjà bu ?

– Jamais ! J'aime pas ça, je vous dis.

Le lendemain matin à l'aube, en gare de l'Est, c'est une cohorte d'enfants verts qui dégringole du train, vêtements souillés, ivres à en crever. Seul Pleurnichard descend sobre et propret. Triomphe complet.

Il retrouve Suzanne qui de loin le soupèse déjà du regard : « T'as profité au moins ? » Profiter, l'unique but de chaque jour, de chaque repas, profiter, grossir, s'étoffer, prendre du poids, s'épaissir. Il est vrai que malgré sa grosse tête et ses oreilles charnues Pleurnichard exhibait un torse de rachitique avec un trou en guise de plexus.

– Maman, tu sais quoi, on n'a jamais bouffé de viande là-bas !

– Jamais ? !! !

– Et en plus on nous a donné tous les jours la même chose à chaque repas.

Suzanne encaisse, puis foudroie les moniteurs d'un regard assassin. Elle entraîne sans tarder son Pleurnichard vers ses boulettes salvatrices comme Police-Secours conduit un grand blessé à l'hôpital. Heureusement, la gare de l'Est est à deux pas du 34. On passe devant le marché Saint-Quentin, elle s'y arrête pour prendre en hâte des aubergines, puis elle fonce nourrir le grand blessé.

Elle le laissera quand même repartir l'année suivante en RDA.

La RDA

Ce fut une autre paire de manches. D'abord précisons que Pleurnichard avait un an de plus que l'année précédente – vous l'aviez compris, je sais –, qu'il venait de terminer sa scolarité en obtenant brillamment son certificat d'études primaires, et ce grâce à un professeur de musique malentendant qui lui avait collé un 18 après l'avoir entendu susurrer le premier couplet de *La Marseillaise*, et qu'en conséquence il s'apprêtait dès son retour à intégrer un atelier de confection au poste mirifique d'apprenti aide-mécanicien. Un homme quoi.

Mais une chose était de se rendre chez les camarades antifascistes et tchécoslovaques, et une autre de partir en vacances chez ceux qu'il fallait bien appeler les boches. Même si on se rendait du bon côté de la Bochland, « la bonne Allemagne », même si on le savait, les salauds de nazis, les fumiers d'hitlériens, ces crapules de fascistes avaient tous trouvé refuge à l'Ouest. À l'Est, grâce à Staline qui savait séparer le bon grain de l'ivraie, il ne restait plus que des héros de la résistance antinazis, que des champions de la lutte pour la paix, etc. Quand même… Pour Pleurnichard et ses camarades, ce voyage-là au pays des lendemains représentait également un séjour au pays des hiers assassins.

Les enfants de déportés, majoritaires dans le groupe, n'arrivaient pas à clarifier leur position, pas plus en France qu'en RDA d'ailleurs. Il n'y avait nulle tribune où exprimer leur trouble. Si on louait, célébrait ou commémorait déjà la mémoire des résistants, des fusillés, des patriotes, dans ces années-là personne ne pensait jamais – je sais, c'est dur à croire –, personne ne pensait jamais dire un mot pour honorer la mémoire de leurs parents apatrides raflés par la police française. Les enfants n'en parlaient pas entre eux, assommés qu'ils étaient par le poids de l'histoire, hébétés par le silence général. Il ne leur restait qu'à espérer d'hypothétiques lendemains où tous et toutes – « Peuples du monde, formons la ronde » – se retrouveraient dans une entité d'où seraient abolies toutes les différences et d'un coup toutes les discriminations.

Ronde où devaient donc trouver place tous les peuples du monde, jusques et y compris – pourquoi pas ? – le peuple allemand. Le peuple n'est jamais criminel pourvu qu'il soit de l'Est.

Ce fut donc le cœur nauséeux, la tête dans le brouillard, que Pleurnichard partit pour le bon côté de l'Allemagne, du moins j'aime à l'envisager ainsi aujourd'hui. Peut-être est-il parti sans scrupule aucun, ne pensant simplement à rien, qui sait ? Ce fut sans doute lors de ce voyage que prit place l'épisode Viandox et petits pains en gare de Cologne. Quand on leur annonça qu'ils venaient de quitter l'exécrable Allemagne de l'Ouest et que le train pénétrait en RDA, Pleurnichard comme les autres mit le nez à la fenêtre pour humer, malgré l'épaisse fumée, l'air saturé de justice et de liberté. Et comme à chaque petite gare traversée le train saluait d'un coup de sifflet, les hommes, les femmes et les enfants – soyons juste : les enfants surtout – répondaient en agitant leurs mouchoirs, et tout naturellement Pleurnichard lui-même se mit comme les autres à agiter son mouchoir en retour. Il aurait pu pleuvoir, il faisait beau. Le soleil brillait, le train hululait, les mouchoirs s'agitaient, alors, comme s'ils se réveillaient d'un mauvais songe, ils se mirent tous à chanter :

Peuples du monde
Formons la ronde
La ronde immense de la paix
Et dans la joie que chacun réponde
Au grand appel
De la liberté

Leur arrivée au camp international de la FDJ, *Frei Deutsche Jugend*, Libre Jeunesse allemande, fut saluée *natürlich* par des chants et des danses avec échange de médailles, les Français s'étant munis cette fois de quelques échantillons de bimbeloterie révolutionnaire chromée à l'effigie de Maurice Thorez. Pleurnichard et ses camarades n'occupaient qu'un pavillon sur quinze. Chaque pavillon hébergeait une nation distincte. Les pionniers est-allemands n'étant présents que dans un seul de ces pavillons, nous n'avions pas l'impression d'être en Allemagne mais plutôt de séjourner dans un lieu privilégié où déjà régnait la ronde fraternelle des nations. Il y avait un pavillon polonais, tout près de celui des Français, puis un pavillon hongrois – pas de soviétique ni de yougoslave –, un italien, un suédois, un roumain, un bulgare, un grec, un tchécoslovaque bien sûr – *Tantsouï tantsouï Spresidentem Gottwaldem*, gros succès – et, plus surprenant, un pavillon indien – des Indes, pas des Rocheuses.

Les seuls Allemands que nous nous trouvions obligés de côtoyer journellement se trouvaient être les membres du personnel. Vu leur âge, Pleurnichard ne pouvait éviter de se demander où étaient-ils pendant et qu'y faisaient-ils. L'un des gardiens, concierge si l'on veut, muni d'un étui à revolver et d'un baudrier, venait volontiers vers les Français. Il avait été un temps prisonnier. « France pelle. » Après avoir indiqué que son arme n'était pas chargée, tout en imprimant à son visage une grimace de dégoût, il la sortait de son étui du bout des doigts avec des hauts-le-cœur comme s'il s'agissait d'une ignoble charogne dont il devait de toute urgence se débarrasser en la jetant sur un tas d'immondices, tout en articulant : « Guerre ba bonne, ba bonne guerre. » Ensuite, tête basse, il attendait que les gamins lui remontent le moral, le réconfortent, le consolent, afin qu'il puisse enfin abandonner son masque de dégoût, puis fataliste ranger son arme et s'éloigner tête haute. Pleurnichard, fugitivement, éprouva le désir de s'emparer de l'arme et de vérifier si elle était chargée ou non en l'appuyant sur le bidon du gardien. « Tiens pan, guerrebabonne ! » Un jour le gardien insista avec ses quelques mots de françouze, il voulut savoir d'où les enfants venir. « Baris ? *Ach*, Baris... » Il appréciait Paris, il aimait Paris.

– Guerre babonne. Barisbon. Et que font parents Pleurnichard ?

– Mon père ? Déporté.

– Vi ?

– Dé-por-té.

Le gardien leva les yeux tout en se touchant le bout du nez d'un doigt. Visiblement il ne connaissait pas ce mot français. Padampadam alors déclara en yiddish : *« Toït, deportir. »* Puis elle montra le groupe d'enfants. *« Alès. »* Il resta un instant immobile, puis partit à reculons, comme s'il craignait de leur tourner le dos. Pendant le reste du séjour Guerrebabonne fraternisa davantage avec les Suédois et les Indiens des Indes.

Les activités du camp n'étaient pas très variées. Lever des couleurs bien sûr, mais pas tous les jours. Comme on se devait de lever toutes les oriflammes d'un coup, cela posait quelques problèmes d'organisation. On pouvait aisément sécher les autres rassemblements en visitant par exemple, pour un oui ou pour un non, l'infirmerie. Pleurnichard s'y rendait surtout pendant les activités sportives ou culturelles. Il avait renoncé aux chorales et au lancer du disque. L'heure du coucher s'avérant souple, on pouvait discuter librement jusqu'à dix-onze heures du soir avec n'importe quel autre pavillon, sans toutefois avoir d'interprète, ce qui limitait la compréhension entre les peuples, mais pas la fraternisation.

Padampadam, qui avait pris des lolos en un an et abandonné la chanson réaliste, s'était dégotté une copine polak avec qui elle parlait yiddish. Les monos ne trouvaient pas ça très progressiste, mais enfin… Pleurnichard, lui, se sentait plus à l'aise avec les hôtes du pavillon indien qui s'exprimaient très clairement par gestes. L'un des Indiens plus âgé – peut-être était-ce l'un de leurs moniteurs – fut frappé par l'épaisseur des verres de notre héros myope et astigmate. Il lui indiqua alors que s'il marchait sur les mains tous les jours, ne serait-ce qu'une petite demi-heure, il n'aurait bientôt plus besoin de lunettes. Et aussitôt il lui fit une démonstration, puis s'employa à dresser Pleurnichard sur ses mains. L'essai ne fut pas concluant. Pleurnichard garda ses lunettes et évita le pavillon indien. Dommage.

La bouffe était pire que chez les pionniers d'élite. À l'Ouest, grâce aux Amerloques, tout le monde bouffe bien, mais il vaut mieux la sauter ici avec les Ruskoffs que de se goinfrer avec ces salauds de fascistes. Pleurnichard d'ailleurs n'avait pas d'appétit, ou plutôt la découverte de nouveaux appétits, autrement obsédants, lui coupait l'appétit. Ses camarades plus doués, et surtout dépourvus de lunettes et d'oreilles décollées, s'étaient déjà arrangés pendant le voyage en train avec les quelques camarades palpables dont Padampadam. Pleurnichard se retrouvait seul. On peut dire aussi que sa façon de s'emporter, de tout prendre au tragique, ses brusques accès de colère ou de dépression faisaient peur à la gent féminine qui préférait les guitaristes ou les harmonicistes toujours d'humeur égale. Pleurnichard s'enticha à distance d'une blonde polonaise aperçue à un rassemblement puis à une fenêtre du pavillon voisin. Image parfaite de la *chikssé*, lui assura Padampadam. Au bout de trois semaines d'efforts assidus, Pleurnichard obtint la permission de déposer un baiser sur ses blondes nattes et la possibilité de la tenir par la taille – les négociations furent longues et pénibles – le temps de poser pour une photo souvenir. J'ai encore la photo.

Ravensbrück

À vrai dire, sur le séjour lui-même, les balades en canoë sur le lac, les feux de camp, les petits spectacles folkloriques et progressistes, je crains qu'il n'y ait pas grand-chose à gratter. Tout se passait à l'intérieur des crânes. Il faudrait décrire ce malaise, ce sentiment de trahison, cette impression de ne jamais être à sa place. Le mois s'écoula ainsi comme une sorte de mélasse du corps et de l'esprit.

Et puis un jour il y eut au programme une excursion obligatoire. Le pavillon français se levait à l'aube et partait visiter Ravensbrück. Bien. Nous avions tous et toutes treize-quatorze ans maximum, nous ne savions rien des camps ou si peu, rien en tout cas des modalités pratiques qui avaient conduit nos pères et mères, et pour certains avec frères et sœurs, à l'ultime sort qui fut le leur. Nous n'avions rien voulu voir à Terezin, mais là nous étions mûrs pour que l'histoire, notre histoire désormais, nous prenne à la gorge et ne nous lâche pas.

Le camp de Ravensbrück, classé sans doute objectif militaire, était occupé – doit-on dire gardé ? – par les troupes soviétiques. Quand le car manœuvra sur la large esplanade devant le grand mur face à l'entrée du camp et que les enfants découvrirent les soldats russes, les héros de Stalingrad, les surhommes qui avaient vaincu et puni les nazis, ce fut un tonnerre de hourras. Les enfants de déportés et les autres, fils de fusillés, de patriotes, de résistants, enthousiastes, fraternisèrent derechef avec les troufions qui, avouons-le, n'avaient rien d'héroïque. Ils s'emmerdaient, comme seuls savent s'emmerder tous les troufions du monde en garnison. Bien vite ils sortirent leurs petites médailles chromées et les échanges rituels commencèrent. Puis certains soldats, plus affectueux, roulèrent des cigarettes dans des morceaux de papier journal – la *Pravda* peut-être ? – et les offrirent aux gamins en leur montrant comment fumer. Un soldat américain ayant déjà fait tirer, lors de la libération de Grenoble, une bouffée de Lucky Strike à Pleurnichard – ce qui eut comme double effet de le rendre malade et de le vacciner pour la vie –, il n'eut aucun mérite à refuser la *pirotjkaï* de la paix. Les monos, tombés sous le charme soviétique eux aussi un instant, se ressaisirent et on pénétra en ordre dans le camp avec la promesse de retrouver nos amis juste après la visite.

Que dire ? On nous montra tout. Le quartier résidentiel au bord du lac, si romantique, là où les femmes et les enfants des SS séjournaient en famille dans de coquettes maisons. Un vrai petit village de poupées avec ses jardinets pour les fleurs et les légumes frais si nécessaires à l'équilibre des jeunes enfants. La piscine où ils pouvaient s'ébattre, se rafraîchir les jours de forte chaleur. On nous précisa qu'elle fut creusée par des déportées et que les corps de celles qui succombèrent durant les travaux furent coulés dans le béton.

Les baraques des détenues, comme le quartier familial des SS, semblaient attendre de nouveaux occupants. Le camp paraissait en ordre de marche, immobile, vide mais complet, comme si un charme l'avait momentanément assoupi et qu'il n'attendait que le baiser d'un prince à moustaches pour sortir de son sommeil. On visita en détail ces baraquements. On nous expliqua que sur chacun de ces étroits châlits trois ou quatre femmes couchaient emboîtées les unes dans les autres. Ravensbrück était un camp réservé aux femmes. En se rendant au crématoire, on découvrit une rangée de clapiers. L'un d'entre nous s'étonna : on élevait donc des lapins ici ? Non, on mettait dans chaque compartiment trois détenues tête-bêche, ou à croupetons, ça rentre. Mais pourquoi ? Pour les punir.

Nous marchions en silence d'un lieu à l'autre, nous n'étions plus des enfants irresponsables et niais, nous étions devenus des enfants écrasés, accablés. On stationna sur la place de rassemblement, là où l'appel matinal pouvait commencer à trois heures du matin pour finir vers sept heures dans le froid, la neige, sous la pluie, immobile. Celle qui tombait se voyait immédiatement transférée au crématoire. Sur cette même place on exécutait, on décapitait ou on pendait selon l'humeur. Nous, nous suivions le guide, vidés. Pleurnichard ne pleurait pas, personne ne pleurait. Il aurait fallu pour être à la hauteur s'arracher la tête et la laisser là. Nous marchions fixant le sol, étonnés de voir repousser entre les pavés l'herbe et les petites fleurs de l'*Appelplatz*. Les moniteurs regardaient aussi en silence leurs godasses, pour eux aussi c'était la première fois. Et nous voilà hors des murs, de retour sur l'esplanade, et revoilà les soldats soviétiques, les libérateurs, et des camps, et de la terre entière, nos sauveurs.

C'est là que certains, certaines tombent dans leurs bras et pleurent. Les soldats alors se déchaînent et comme soucieux de changer de programme ils se lancent dans des exhibitions de danses caucasiennes, géorgiennes, ukrainiennes, hop hop hop ! Puis les soldats et les monos immortalisent en photo cette improbable rencontre : les soldats de la paix et de l'espoir avec les enfants de la guerre et du désespoir.

Ensuite, après avoir chanté à l'unisson avec les petits soldats, nous remontons dans l'autocar, et, cinquante-cinq ans après j'ai peine à l'écrire, on chante et rechante à perdre haleine tout notre répertoire prêchi-prêcheur :

Nous ferons se lever le jour
À nous la joie
À nous l'amour

Maison-Blanche

Je ne peux évoquer cette visite à Ravensbrück sans l'associer à une autre visite faite au même âge à Maison-Blanche. Maison-Blanche est le nom du pavillon féminin de l'hôpital psychiatrique connu à l'époque sous le nom de Charenton. Ravensbrück était un camp de concentration et Maison-Blanche une salle commune dans un hôpital de la région parisienne où ma grand-mère maternelle, Dinah Zverdling, épouse Katz, vécut ses derniers jours. Et bien que je sache aujourd'hui qu'il y a une hiérarchie dans l'horreur, je ne puis m'empêcher, pensant à Ravensbrück, de me souvenir de Maison-Blanche.

Dinah devait être atteinte de la maladie d'Alzheimer même si cette maladie n'était pas encore répertoriée ni même nommée, ou alors, plus prosaïquement, sa surdité, sa méconnaissance totale du français la muraient dans le silence et la terreur. Je n'ai jamais su si elle a su que la guerre était terminée et qu'elle ne courait plus le moindre danger d'être raflée. Quoi qu'il en soit, pour Baruch la vie à deux n'était plus concevable. Elle délirait de plus en plus et particulièrement en sa présence. Il est vrai qu'il sursautait au moindre bruit, se figeait quand il entendait des pas dans l'escalier, dressant son index, respiration bloquée si quelqu'un passait sur le palier, toutes choses qui à coup sûr angoissaient encore davantage Dinah et finissaient en d'interminables disputes.

Lassés par leurs cris, leurs deux fils décidèrent de les séparer. Baruch se suffisant à lui-même garda l'appartement, quant à Dinah, comme elle était malade et qu'il n'y avait pas à l'époque d'établissement pour accueillir ce type de malades, on l'hospitalisa dans un service de médecine générale. La rareté des lits disponibles était telle qu'on pouvait se retrouver alité dans un couloir, un corridor, une salle d'eau pendant des semaines. Elle fut placée dans une chapelle désaffectée transformée telle quelle en annexe de Bichat, dans un lit situé sous un gigantesque Christ qui semblait prêt à lui tomber dessus. Dès qu'elle le découvrit au-dessus d'elle, elle se mit à hurler en yiddish le *cheltant** de toutes ses forces tout en se débattant et en tentant de fuir. Tant et si bien que la jugeant dangereuse pour elle-même et les autres, on la sangla pour la nuit sur ce lit sacrilège, et les jours et les nuits suivants, toujours sanglée, refusant de s'alimenter, elle fut transférée dans cet hôpital psychiatrique qu'on nommait à l'époque la maison de fous de Charenton, au pavillon Maison-Blanche.

C'est là qu'un dimanche, accompagnant ma mère, j'allai la visiter. Si les baraques et les châlits de Ravensbrück conservés en état de marche étaient vides – l'image restant à compléter –, à Maison-Blanche la salle commune était pleine. Cent lits, sur cinq rangées, avec à la tête de chaque lit un seau dit hygiénique. Cent lits occupés par cent corps. Il n'y avait ni soignantes, ni aides-soignantes, ni personne. Juste ces corps de femmes abandonnées, toutes en chemise de nuit. Certaines tentant de dormir, gisantes, drap sur la tête, d'autres geignantes, implorantes, délirantes. Une jeune hydrocéphale, valide, s'affairait, tentant de soulager avec les moyens du bord ses pauvres compagnes de chambrée.

Je la vois encore. J'ai dû donc m'y rendre au moins deux fois. Assise sur une chaise haute

* En yiddish, un *chelt* est une malédiction.

d'enfant, son énorme front offert aux baisers d'adieu de ses trois sœurs et de sa mère pomponnées comme pour se rendre au bal, toutes quatre posant au même instant leurs lèvres sur son front. Je vois encore cette pièce attenante à la salle commune, pompeusement intitulée « salle de détente et de visite ». Une femme atteinte d'un mouvement circulaire du tronc à qui son époux tend une cuillerée de marmelade qu'inévitablement elle heurte au passage dans son circuit perpétuel sans pouvoir en saisir ne serait-ce qu'une bouchée. La marmelade gicle sur le mur. L'homme fait mine de s'excuser, confus, mais son regard matois rit. Il fait penser à Bourvil.

– Eh ben alors, dis donc, t'en fais des saletés, toi…

Une femme de peine surgit, hors d'elle.

– On vous a dit de ne plus lui amener de marmelade !

– Mais elle aime ça, bêle-t-il.

Je nous vois encore, ma mère et moi, nous glissant entre les lits pour gagner celui de mémé. Je suis encore pétrifié par l'odeur, asphyxié, je manque d'air, j'avance quand même. Je passe entre des regards fixes, des yeux sortant de leurs orbites. Je baisse les yeux, tentant d'éviter de voir ce qu'en temps ordinaire on m'interdit de voir. La féminité si secrète que je n'imaginais pas même comment une femme était faite. L'une d'elles, jambes repliées, chemise de nuit remontée, plie son drap et le replie comme si elle rangeait et comptait les pièces de son trousseau. Elle a un vestige de chignon haut, la tête encore altière des douairières, elle me dévisage soupçonneuse, elle plie et replie, comptant et recomptant son trousseau qu'elle veut complet et impeccable. J'entends encore la voix d'une lucide dont je ne vois pas le visage qui console sa voisine sanglotante : « Calme-toi, mon ange, on est là pour mourir, juste pour mourir. » Voilà. C'est là où on met ceux dont on attend la mort.

Je n'ose m'approcher du lit de ma grand-mère. Suzanne est déjà près d'elle et feint de s'étonner qu'elle ne soit pas assise dans la petite salle attenante. Elle s'assied sur le lit, lui parle en yiddish, touche sa tête, lui caresse le front. Mémé me fixe. Je ne sais où me mettre. Sa bouche sans dents clape et clape dans le vide. Je ne sais quoi faire de ma peau ni comment apprivoiser cette odeur rance, sauvage. Je ne sais plus si mon frère était avec nous ou non. Les sanglots, les cris, les insultes, les gémissements, et cette voix lucide qui tente de calmer exposant clairement le but de la chose : on est là pour mourir.

Sur le chemin du retour, en métro, ma mère ne me parle de rien. C'est un dimanche comme les autres, à part que ce dimanche-là on n'aura pas vu pépé, il a dû être invité chez l'un de ses fils. Peut-être me demande-t-elle qu'est-ce qui joue au Roxy, au Delta ou au palais Rochechouart, elle irait même jusqu'au Pacific. Je lui parle d'un film avec Jules Berry. Non, non, elle n'aime pas Jules Berry.

– Pourquoi ?

– Parce qu'avec lui il se passe toujours quelque chose.

Elle veut voir un film où il ne se passe rien. Comme je la comprends aujourd'hui, moi aussi je cherche maintenant des films où il ne se passe rien.

Quand grand-mère décéda, la levée de corps eut lieu à la morgue de l'hôpital. Je revois ce lieu sordidissime, et surtout, surtout, j'entends les hurlements de ses quatre enfants, ma mère – l'aînée –, ses deux frères, puis la cadette. Des cris terrifiants, déchirants, exprimant bien plus que la douleur de perdre une mère, des cris inhumains, que je jugeais tels en tout cas. Je ne savais pas, pas encore, combien on peut se sentir coupable de la mort de sa mère, de son abandon, combien peut nous faire hurler ce qu'on appelle pudiquement un sentiment de culpabilité, et combien cette culpabilité peut être partagée.

Berlin

Après Ravensbrück, il y eut Berlin, la visite de la ville en ruine et celle d'un appartement neuf de la Stalin Allee. Une famille, choisie au hasard, ouvre la porte de son chez-soi afin que Pleurnichard et ses compagnons puissent constater à quel point les Allemands de l'Est antifascistes et pour la paix sont bien logés.

La Stalin Allee semble écarter les ruines. Les immeubles se dressent, tous identiques, c'est le début de l'égalité en marche. Le maître de maison se présente. C'est un prolétaire, fils de prolétaire, son épouse est une prolétaire, leurs enfants seront prolétaires et donneront jour eux-mêmes à des prolétaires. Comme disait ma mère, ça nous fait une belle jambe ! Le mur en ce temps-là n'était pas encore construit et on se rendait sans difficulté d'Est en Ouest et vice versa. Les employés prolétaires, surtout les prolétaires cadres de l'Est, se rendaient à l'Ouest acheter des produits superflus et très chers, apportant ainsi leur soutien financier au développement et à l'édification du capitalisme sauvage, tandis que les pauvres de l'Ouest venaient acheter des produits nécessaires et peu chers à l'Est. Les raisons économiques peuvent être une piste pour comprendre le pourquoi de l'édification du mur.

Une précision, l'auteur de ces lignes est l'un des rares sans doute qui regrettent le mur. Pour en avoir fait, des années après, l'expérience paperassière et policière – visa, soupçons, attente, visa pas conforme, nouvelle attente –, ce mur pénible à l'usage pour les Berlinois, donc doux pour moi, leur rappelait utilement ce qu'était l'arbitraire, l'injustice et la barbarie librement consentis. Voilà, c'est dit. Je regrette le mur.

Puisque j'en suis là et que je ne retournerai pas à Berlin, du moins au cours de ce récit, évoquons le voyage que fit Pleurnichard en tant que délégué des jeunes auteurs dramatiques français. Voyage de quelques jours dans ce paradis du théâtre subventionné : à Berlin-Ouest on inscrivait au sommet des buildings *Buvez Coca-Cola*, à l'Est, en lieu et place, *Allez au théâtre*. Quoi qu'il en soit, j'étais là, seul, et je me morfondais. On m'indiqua un musée historique sur Unter den Linden. Musée totalement consacré à la Seconde Guerre mondiale. Je visite donc.

Dès l'entrée, une bande-son très lointaine me fait dresser l'oreille. Des voix d'enfants exaltées chantent des chants nazis, la chorale de la jeunesse hitlérienne. J'apprécie. Décidément ils font bien les choses, bien mieux qu'à l'Ouest. Suivant les chants j'arrive enfin dans la salle centrale où je découvre qu'il ne s'agit pas d'une bande-son. Un groupe de garçonnets et de fillettes prête serment de fidélité et d'obéissance face au drapeau déployé de la RDA et de l'Union soviétique. Ce sont de jeunes pionniers nouvellement promus qui chantent, bras levés, poings fermés. Ce ne sont pas des chants nazis, ce sont des chants à nous, progressistes et tout. Et que vois-je dans les vitrines qui entourent ces enfants prêtant serment ? Des boîtes de Zyklon B, des abat-jour en peau humaine tatouée. Je recule, je fuis, je cours vers la sortie.

Que peuvent devenir, que peuvent penser ces gamins prêtant serment à un nouveau système mensonger dans cette salle du musée des horreurs ? J'en parle le soir même avec mon interprète traductrice qui m'accompagne au Berliner Ensemble. Une jeune femme décalée qui m'écoute, puis me dit que son père pense que les Russes ont fait pareil sinon pire qu'eux. Je suis atterré. Comment m'en sortir ? Je lui dis alors, histoire d'arrondir les angles, que son père fait peut-être allusion au pacte germano-soviétique. Elle ouvre de grands yeux. Quel pacte ? Le pacte entre Hitler et Staline, là où ils se sont partagé la Pologne. Elle n'en a jamais entendu parler. Elle a trente-cinq ans comme moi, elle ne sait rien de ce pacte, elle ne sait rien de son histoire, elle se sent juste coupable. Elle trouve bien que les enfants de dix ans prêtent serment de fidélité au socialisme, à la République, aux peuples frères, dans la salle où on expose le Zyklon B et les abat-jour. Elle plaint son père de ne rien comprendre.

Peut-être disait-elle cela pour se couvrir au cas où je fusse l'un de ces communistes français zélés prêts à signaler en fin de séjour à qui vous savez les propos et comportements réputés antisocialistes des collaborateurs aimablement placés à leur service.

Pour lui changer les idées et surtout pour ne pas me retrouver seul, je lui propose de dîner après le Berliner. Nous voilà le soir venu sur l'Alexanderplatz, dans un immeuble nouvellement édifié, où un étage entier est consacré à la restauration.

Bien que le public y soit choisi, on doit attendre. D'abord pour déposer ses effets au vestiaire, c'est obligatoire – les préposés n'ont que leur pourboire pour vivre –, seuls les metteurs en scène de théâtre ne font pas la queue au vestiaire et vont s'asseoir directement à une table réservée pour eux. Mais là je ne suis pas avec un metteur en scène, donc je fais la queue. Après le vestiaire, re-queue pour accéder à table. Une fois à table, on attend de nouveau que les huit couverts se complètent, à moins d'être metteur en scène de théâtre on ne peut manger que si on est huit à table. Je n'ai vu ça qu'au Club Méditerranée.

Enfin nous voilà huit. Je consulte le menu pour la forme et j'y découvre en français « carpe à la juive ». Je garde le doigt sur la ligne et j'interroge mon interprète :

– C'est quoi, ça ?

– Carpe à la juive.

– Oui, oui, merci, mais c'est quoi au juste ? *Gefieltefisch ?*

Elle ignore tout du *gefieltefisch*. Je me sens soudain très agité. La camarade garçonne arrive. Je n'ai pas lâché la carte du doigt. Je lui montre et l'interroge, l'interprète traduit :

– C'est une carpe farcie ?

La garçonne :

– *Nein, nein.*

Puis elle se lance dans un long exposé, mains jointes, ainsi résumé : tranches de carpe en court-bouillon.

– Je veux ça, carpe à la…

– *Jawohl.*

Tout le monde a commandé, je me détends, je regarde par la baie vitrée, je domine Berlin, le cœur de Berlin, je suis sur l'Alexanderplatz, la nuit, comme un héros du roman de Döblin. Je respire fort, je n'ai pas envie de discuter, je n'ai rien à dire, rien à échanger sur le Berliner ou le passé historique, je suis juste là assis au centre de Berlin, couvert en main, serviette étalée sur les cuisses, bref j'attends ma carpe juive. J'attends longtemps.

Les sept autres ont déjà mangé, ils en sont au dessert, voire au café, moi j'attends toujours et je gamberge. Peut-être ne servent-ils toujours pas les juifs, peut-être que cette formule « carpe à la juive » ne sert qu'à nous débusquer, ou alors la carpe est inscrite à la carte juste pour prouver aux touristes que les Allemands de l'Est ne sont pas rancuniers, qu'ils ont fini par pardonner aux juifs tout le mal qu'ils ont été contraints de leur faire. En vérité il n'y a plus ici ni carpes ni juifs depuis la guerre, juste cette inscription pieuse, ce leurre, ce piège à youpin. *Remember* carpe à la juive. Eux n'en servent jamais, jamais personne d'ailleurs ne leur en commande. Il faut être taré, non, pour demander une carpe à la juive en l'an de grâce 1974 à Berlin ? Enfin, ça chauffe, ça bouillonne dans ma cafetière, je me tortille sur mon siège, je me déhanche le cou pour suivre des yeux la camarade garçonne qui feint de ne pas voir mon air courroucé.

– Ma carpe, *bitte*, ma *jüdische* carpe !

L'interprète, face à son second café, semble aussi estomaquée :

– En général on est vite servi ici...

Oui, mais...

On attend donc. Les autres s'en vont et ne sont pas remplacés. On reste en tête à tête, seuls à notre table pour huit. Elle me demande si j'ai faim. Je ne sais pas. Je bous d'impatience, je suis fébrile, agité, je grince des dents. C'est peut-être ça avoir faim.

– *Bitte.*

– *Danke.*

La carpe est là, enfin. Au premier coup d'œil elle ne paie pas de mine. Juste une tranche de carpe sans rien de juif, ni étoile, ni tampon, ni nez crochu. Je sectionne avec délicatesse une infime partie de la tranche qui baigne dans un jus où nagent de minuscules bouts de carottes, de radis noirs et de poireaux.

Je porte la fourchette à ma bouche, je mâche lentement, avec précaution, avec dévotion même. Tout en mâchant je sens quelque chose d'humide glisser le long de ma joue, je lève les yeux vers ma voisine qui s'étonne :

– Ça ne va pas ?

– Si, si, ça va, ça va.

– Ce n'est pas bon ?

Je ruisselle de larmes.

– Oh si, oh si.

Je hoche la tête, c'est bon, c'est si bon de manger une carpe juive au treizième étage d'un immeuble sur l'Alexanderplatz en plein cœur de Berlin, si bon… Je mastique, j'avale, j'approuve, je déglutis, je salive, j'apprécie, je déguste et je pleure, je pleure.

Je suis le plus grand gourmet de la planète, d'Eretz Israël et de la diaspora réunis, le *Kurnonski yidlak*. J'en grogne de bonheur, je m'en pâme de plaisir, je m'étale sur mon siège, je lèche et me pourlèche, délicieux, succulent, je bois le jus à même l'assiette – ma voisine tourne la tête –, je suis seul au monde, je déguste en m'essuyant les yeux d'un coin de ma serviette glissé derrière mes lunettes. Je pleure, je pleure, je pleure de félicité.

Deux soirs plus tard, retour sur l'Alexanderplatz, seul. Seul, c'est-à-dire avec sept convives inconnus. Je consulte la carte, il n'y a plus de carpe à la juive. Scandale! Et ce n'est plus la même camarade serveuse. Je renonce à expliquer que je veux de la carpe à la…

– Saucisse-purée.

– *Kartoffeln. Ja, Ja.*

– Et saucisse.

– *Ja, ja.*

Puis pour montrer que rien n'est parfait dans leur système, je converse librement avec mon voisin de table. Il parle allemand et anglais, moi je ne parle que français. Peu à peu, en sabir, on finit par se comprendre. Il est aviateur, il voyage beaucoup, mais il est écrivain également.

– Écrivain ? Moi aussi. J'écris du théâtre.

Lui des livres pour les enfants.

– Pourquoi pour les enfants ?

– Parce que la censure ne perd pas son temps à lire des livres pour les enfants.

Il rit, il a un bon rire, une bonne tête, il a l'air tchèque.

On échange des noms : Malamud, Saroyan, Singer, Svevo, Roth…

– Joseph ou Philip ?

– Les deux, mon général !

À chaque nom que l'un ou l'autre lance – Hemingway, Chandler, Anderson, Burnett – on s'extasie, on se réjouit, on s'applaudit, le temps passe – Musil, Zweig, Buber, Kafka… Silence. Il a gagné. Kafka. Une goulée de café puis de cognac allemand, et ça repart – Schnitzler, Brod, Canetti, les frères Mann… Seuls à notre table de huit, on repart, café et cognac, et la litanie continue. On passe aux Russes. Parfois un nom jaillit que l'autre ignore, là la frustration nous agite, comment expliquer, citer des titres, on agite les mains en tous sens, c'est la panique. Il parle anglais, moi pas. En plus anglais avec accent allemand ! Si seulement je savais le yiddish ! Quand même on échange, on fraternise, on trinque : aux livres et à ceux qui les écrivent !

Puis on descend. On gagne le coin de la place où, je ne sais où, sur le chemin de mon hôtel, il me désigne un édifice énorme : le siège du Comité central du Parti communiste est-allemand. Il m'invite à le suivre, on s'approche. Le café et le cognac taraudent nos vessies. Il gagne le mur hâtivement avec d'infinies précautions tout en tournant la tête de tous côtés, on est au bord de la crise de rire. Puis, tous les deux, on se soulage avec délices le long du mur du siège du Parti communiste. On regagne à grands pas un endroit éclairé, là on se serre la cuillère, on se congratule, on a gagné, on a vaincu l'oppression, on se quitte pour toujours avec la certitude du devoir accompli.

Qui a besoin d'un apprenti ?

De retour à Paris, la direction de la Fédération, conseillée par les moniteurs et monitrices, charge Pleurnichard de prononcer au nom de tous ses camarades et de leurs moniteurs un petit compliment devant les camarades du consulat de la RDA en présence du camarade consul lui-même et de sa madame consule. « Merci, merci, merci », c'est en gros le genre de discours souhaité par la Fédération avec en conclusion un couplet sur l'unité, l'amitié inaliénable entre les peuples, la défense de la paix, la liberté, la gloire du grand peuple soviétique et de ses dirigeants, etc., etc., etc., avec sans doute pour finir : « Staline Staline Staline ! »

La chose pour Pleurnichard se présentait tout autrement : comment remercier et célébrer ceux qui vous avaient hébergé et accueilli, tout en leur crachant – histoire de ne pas perdre la face – ce qu'on pensait réellement d'eux et de leurs semblables ? Pleurnichard, sur la scène d'une salle louée rue Yves-Toudic, face à ses camarades, leurs parents, sa mère et son frère bien sûr, les monos, les dirigeants de la Fédé et les représentants de la RDA, dut se jeter à l'eau sans masque et sans bouée. Je n'ai aucun souvenir de ce que Pleurnichard a pu raconter ce soir-là, je ne me souviens que des félicitations enthousiastes des copains – même Padampadam m'embrassa – et surtout de la moue du consul accompagnée de ces mots : « Il a du bagou… »

Pleurnichard a du bagou. Pendant quelques jours, il marche plusieurs centimètres au-dessus du sol. Cette première prise de parole en public, sans notes ni préparation, et apparemment sans pensée préalable sinon cette haine enfouie et niée qui ne demandait qu'à sortir, le succès qu'il obtint, lui fut profitable. Le soir, devant la glace de l'armoire à glace maternelle, il ne boxe plus, il plaide : « Si vous voulez des têtes, prenez-en, mais pas celles de mes clients ! » Enveloppé dans la robe de chambre de Suzanne il fait des effets de manche, tout en sauvant les têtes de ses clients, et en condamnant à mort tous ceux qui ne le sont pas. Pleurnichard était absolument pour la peine de mort, à une condition cependant, que ce soit lui qui décide qui doit être décapité et qui ne doit pas l'être. Sur ce point je n'ai pas beaucoup changé.

Pleurnichard retomba au sol assez brutalement en se rendant accompagné de sa mère quelques semaines plus tard à son premier rendez-vous de travail.

– Qui a besoin d'un apprenti ? lâcha le patron d'une voix teintée de yiddish dans l'ombre de ce rez-de-chaussée sur cour, quelque part près de la rue des Martyrs.

Une flamme vacillante reprit vie, force et cou rage dans le cœur de Pleurnichard. Il ne va pas te prendre, il ne va pas te prendre. Il en aurait dansé de joie. Pleurnichard se sentait partagé entre le désir de quitter l'école pour gagner sa vie et celui plus profond, plus chevillé au corps, de ne rien faire, de rester cet élève moyen, ce garçon souffreteux et léthargique qui ne se réveillait que pour pérorer en public.

Le patron, tête penchée sur son épaule droite, étalait, sur la large et haute table de coupe, un matelas de doublure en faille. Très difficile à réaliser, un matelas de doublure en faille : ça glisse, ça plisse, c'est mou.

– Qui a besoin d'un apprenti ?

Suzanne n'avait rien trouvé à répliquer. Tout était dit, il ne restait plus qu'à battre en retraite. Pourtant elle se tenait plutôt bien, elle ne cédait pas à son côté défaitiste – mon fils finira clochard –, non, fière et droite autant qu'elle le pouvait, son maintien militait pour l'excellence des capacités potentielles de Pleurnichard dans le vaste domaine de la confection pour dames. Elle était finisseuse pour hommes et elle en était fière. Zacharie, le défunt père de Pleurnichard, tailleur hommes et dames, tout comme Baruch Katz, son propre père. Une lignée de tailleurs donc, pour donner naissance à ce Pleurnichard maigrelet et bigleux dont les genoux s'entrechoquaient de lassitude dans cette salle de coupe sous-éclairée sur les bords et sur-éclairée au-dessus de la table de coupe.

Pleurnichard suivait des yeux les feuilles de faille qui s'étalaient comme par magie les unes au-dessus des autres au moindre geste que faisait le patron.

– Mais comme son père a été déporté…

Le visage de Suzanne s'éclaira. Elle se tourna vers Pleurnichard pour que celui-ci n'oublie pas de remercier. Frappé au cœur, il fixait déjà avec attention ses godasses comme si cette histoire de père, de déporté et de tailleur ne le concernait en rien.

– On va lui apprendre le métier !

Pleurnichard intérieurement résistait de toutes ses forces. Ne rien apprendre, jamais, et surtout pas « le métier ».

– Au début il regardera, on lui donnera pour l'occuper des petites tâches faciles.

– Quoi donc ?

– Balayer, allumer le feu en hiver, faire les courses, des trucs d'apprenti. Après on le mettra à la machine, il piquera les doublures de manches.

Pleurnichard jetait des yeux vers sa mère : il ne voulait à aucun prix piquer des doublures de manches. Comme elle ne le regardait pas, il piétinait sur place.

– Qu'est-ce qu'il a ? Des vers ?

Le patron donnait dans l'humour.

Vint la discussion sur les conditions :

– On vous fera signer un contrat d'apprentissage, tout est prévu par la loi. Les six premiers mois il ne touchera rien, les six suivants trois mille francs (c'est-à-dire trente francs nouveaux, soit vingt euros). Après, pendant trois ans ça augmentera d'un tiers tous les six mois.

Suzanne s'était raidie.

– Pourquoi rien les six premiers mois ?

– Un apprenti, ça gâche, madame, donc ça coûte, mais comme son père a été déporté, je dois faire mon devoir. Pas à perte quand même ! Qui travaille à perte même par devoir ?

L'affaire fut conclue sur ces bases : balayer, faire le feu, les courses, etc., pour rien pendant six mois et pour pas grand-chose de plus que ce rien pendant les trois ans à venir.

– Qu'il revienne lundi à huit heures tapantes.

– Il y sera.

– Il a perdu sa langue ?

– Oh non non non non non, parler il sait, vous inquiétez pas, dis au revoir et merci.

– Au revoir et merci.

– Lundi huit heures.

Ce lundi fut un jour à marquer d'une pierre noire. D'abord marcher en silence dans le petit matin blême dans des rues inconnues, guidé par son frère qui le laisse à mi-chemin en lui expliquant comment continuer, puis après avoir eu peur de se perdre, se glisser déjà en retard, tête basse, dans l'atelier, croiser le patron qui jette au passage un regard sur son bracelet-montre. Pleurnichard put constater que ses avant-bras étaient fort velus et même que des poils noirs sortaient de ses oreilles. Cela l'inquiéta beaucoup. Premier cours théorique de balayage avec travaux pratiques à la clé. Il n'avait que deux pièces dans son domaine balayable : la salle de coupe, avec récupération des déchets, et la salle des machines, où se trouvaient également les finisseuses et les deux tables de presse. Ces deux salles lui parurent immenses. Plus tard, s'il progressait en balayage, on lui confierait – peut-être – l'entretien de la salle d'expédition et de stockage ainsi que les bureaux. Mais là il fallait vraiment le mériter.

Durant cette première journée, il refoula sans cesse quelque chose qui s'agitait dans sa poitrine ou dans sa gorge. On le trouva triste, peu causant.

– C'est malheureux à son âge…

Une ouvrière, sans doute pour l'égayer, lui demanda d'aller acheter parce qu'elle toussait un flacon de sirop de « cordome ». Elle lui donna une pièce, lui recommanda d'en ramener un grand flacon. Pleurnichard partit à la recherche d'une pharmacie. À voir l'hilarité des autres ouvriers, il comprit qu'il y avait un piège. Il ne voyait pas lequel. Peut-être la pièce était-elle notoirement insuffisante pour l'achat d'un grand flacon de sirop. Quoi qu'il en soit, il s'en retourna sans passer à la pharmacie, rendit la pièce à la finisseuse en déclarant :

– Ils en ont plus.

Ce qui fit éclater de rire l'atelier entier. L'une des ouvrières grommela :

– Fallait leur en faire !

Tandis que la finisseuse toussotante pour le remercier de sa gentillesse lui proposa un bonbon.

Après dégustation du casse-croûte préparé par sa mère, il resta assis sur un tabouret, les yeux dans le vague, avec toujours la gêne due à cette boule baladeuse de nature indéterminée. Le patron passant en coup de vent décida :

– Pour la première journée ça suffit, rentre chez ta mère. Demain, huit heures.

Pleurnichard ne se le fit pas dire deux fois, il courut vers la porte et se retrouva rue des Martyrs, soudain délivré de sa boule.

De la rue des Martyrs IXe à la rue de Chabrol Xe, il y a, pour qui connaît le chemin, une petite demi-heure de marche, dix minutes de course, et quatre minutes trente pour Zatopek. Seulement Pleurnichard, tout à sa joie, n'avait pas pris les précautions d'usage : visite des toilettes patronales avant le départ. Était-ce oubli ou gêne d'avoir à demander ? Quoi qu'il en soit, bien vite il se sentit oppressé, cette fois-ci par une terrible envie, une de ces envies qui ne souffrent aucun délai et avec lesquelles on ne peut négocier. Envie donc à satisfaire d'urgence. Pas question en ces temps-là de se soulager dans un coin sombre en pleine rue, non. En tout cas Pleurnichard n'aurait jamais pensé à le faire. Il se mit à courir, projetant de se retenir jusqu'à la rue de Chabrol, mais, dans sa panique, il se trompa de rue, puis se mit à tourner en rond.

Enfin, n'y tenant plus, il se jette dans une porte cochère et pénètre dans la cour pavée d'un de ces immeubles cossus de cette partie du IXᵉ. Il faut dire qu'à cette époque chaque cour hébergeait un WC réservé en général au concierge et à sa famille. Une fois dans la cour, un cabot jaillit à sa rencontre, lui renifla les mollets tout en jappant. Pleurnichard vivait dans la trouille des chiens. Il se tortilla sur place sans oser bouger, croisant et décroisant les jambes comme on se tord les bras de douleur. Le concierge parut. Il rappela son chien et interrogea Pleurnichard du regard. Ce dernier voulut faire le poli :

– Pardon, monsieur, pourriez-vous m'autoriser, s'il vous plaît…

Son tortillement, plus direct que sa formule, informa le concierge de l'état et de l'urgence de la situation.

– Je vois, mais c'est privé, mon petit.

– Monsieur, vraiment je…

Le concierge fit un geste de la main genre « Bouge pas » et partit en précisant :

– J'te ramène la clé.

Pleurnichard, stoïque, ne bougeait pas, mais la joie d'être à deux doigts du but le trahit. Le concierge revenant, clé en main, main tendue, jugea d'un œil expert la situation, et tandis que Pleurnichard s'excusait pour le flot répandu et que le chien gambadait dans la flaque :

– Fallait te soulager contre un mur, mon gars !

Pleurnichard désespéré haussa les épaules. Le concierge suivait son idée tout en rappelant son chien durement :

– Les clebs le font bien !

Oui mais voilà, Pleurnichard n'était pas un clebs. Il partit, culotte, chaussettes et chaussures mouillées. Heureusement le soir tombait.

Malheureusement il s'était perdu. Humilié, humide, les larmes aux yeux, il courait droit devant lui. Il arriva quand même au métro Poissonnière, limite du territoire connu et reconnu. Il suffisait de traverser la rue Lafayette et la rue de Chabrol s'offrait à lui. Mais là, hélas, une fois dans sa rue, il croisa nombre de connaissances informées de ses débuts d'apprenti, des voisins, des amis de classe de l'an dernier, des commerçants sur le pas de leur magasin, tous le félicitant de sa première journée de travail.

– Te v'là devenu un vrai petit homme, mon gars !

Même la femme du patron de sa mère, élégante et parfumée, voulut lui faire la bise pour lui porter chance après sa première journée. Pleurnichard désespéré se laissa faire, tendant sa joue tout en tentant d'écarter son bassin le plus possible du tailleur gris perle de la dame. Au 34 la concierge l'accueillit en poussant des cris de victoire. Il grimpa quatre à quatre les trois étages et se jeta dans l'appartement dont il fit claquer la porte de toutes ses forces. Suzanne, que son instinct de mère juive avait poussée à quitter plus tôt le boulot et à ne pas faire ses courses, l'attendait. Pleurnichard en la découvrant éclata en sanglots et se jeta sur elle, bras tendus.

– Qu'est-ce qu'ils t'ont fait ? Qu'est-ce qu'ils t'ont fait ?

Pleurnichard sanglotant narra sa pisseuse journée. Suzanne soulagée toucha sa culotte et constata :

– Elle est sèche.

Qu'importe. Pleurnichard resta inconsolable. Il pleura jusqu'à la nuit et dut supporter les sarcasmes de son frère aîné qui reprit en la circonstance l'une des rengaines maternelles :

– Pleure, mon vieux, tu pisseras moins.

Épilogue

Le récit des voyages de Pleurnichard au pays des lendemains devrait s'arrêter là, mais comme dans toute histoire la fin doit surprendre si possible le lecteur, au moins le protagoniste, continuons encore un peu.

Quelques mois après son retour de RDA et ses débuts d'apprenti, alors qu'il courait vers le métro Gare de l'Est, sortant de la rue de Chabrol, franchissant le boulevard Magenta, toujours courant de peur d'être en retard au boulot ou à une répétition – il a toujours peur d'être en retard – dans la rue des Deux-Gares, il se heurte à un groupe d'étrangers piétinant près d'un arrêt d'autobus. Il s'excuse, s'écarte et entend baragouiner en tchèque. Il lève alors les yeux et – ô surprise – il découvre face à lui Yaneck. Aussitôt il ouvre les bras et se jette vers lui. Yaneck ne cille pas, immobile, il prononce distinctement en français :

– Jeune homme, je ne vous connais pas.

Pleurnichard reste en suspens, il cherche ses mots – c'est moi, Pleurnichard, et toi, tu es Yaneck –, rien ne sort de sa bouche. Le visage glacial, figé, de Yaneck lui coupe le sifflet. Yaneck se détourne calmement et reprend sa discussion en tchèque avec son voisin. Pleurnichard perd toute énergie, il ne sait plus quoi faire. Les autres touristes dans leurs impers de l'Est le dévisagent, hostiles, fermés. Pleurnichard recule, puis les contourne et file, file. Il descend à toute vapeur dans le métro et pleure, pleure, pleure.

Il lui fallut quelques mois, quelques années peut-être, pour décanter la chose. Première supposition : sa myopie lui fit croire… non, non, mille fois non, le visage de Yaneck, son demi-sourire gravé, impossible. Deuxième supposition : c'est le premier voyage en France où Yaneck, malgré sa présence du mauvais côté pendant les journées de 1948 à Prague – journées où le Parti communiste tchécoslovaque prit par la force le pouvoir avec mise au pas des opposants –, donc c'est la première fois qu'il est autorisé à se rendre en France, à Paris, accompagnant un lot de touristes choisis, lui-même accompagné, surveillé, par un ou tous les touristes. Le premier jour, le premier matin peut-être, il sort de l'hôtel situé face à la gare de l'Est, guidant son groupe, et voilà qu'un gamin, un jeune homme, l'interpelle, lui tend les bras, comme s'ils avaient rendez-vous, comme si toutes ces années il avait correspondu par lettres, ou je ne sais quoi, avec cette graine de bourgeois capitaliste.

– Non, non, je ne vous connais pas… Je ne le connais pas, camarades…

Pleurnichard en reste inconsolable. Il a la preuve du vice total de leur truc. Tu n'as pas le droit de reconnaître ton ami. Pourtant il ne peut pas y croire. Il a encore besoin de croire que là-bas, au moins, malgré tout, s'édifient l'égalité, la justice, la vérité, l'amitié. Il lui faudra encore deux, trois ans, plus peut-être, pour que son cœur accepte ce que ses yeux ont vu.

Mais ceci est une autre histoire.

Annexe : brochure sur Terezin, 1953

Opportunément, je suis tombé chez un bouquiniste sur une brochure intitulée *La Petite Forteresse de Terezin*, avec en sous-titre *Ghetto*, éditée à Prague en 1953 pour l'Union des combattants antifascistes tchécoslovaques. Ce fascicule de cinquante-cinq pages, broché, avec photos, était offert aux visiteurs de tous pays dans leur langue d'origine. Les démocraties dites populaires se montraient généreuses question brochures, tracts, livres divers. Afin de permettre à d'éventuels lecteurs de tremper dans la même eau idéologique que Pleurnichard et consorts, je me propose de citer ci-après trois extraits de cette brochure dont la lecture reste toutefois purement facultative, comme tout le reste de l'ouvrage d'ailleurs.

Terezin a reçu des prisonniers de 35 nationalités. C'était la tombe de nombreux gens célèbres, tels que le poète français progressiste Robert Desnos et bien des autres.

Grâce à la victoire célèbre de l'Armée soviétique, qui avait écrasé la tyrannie nazie en Europe et avait libéré du joug nazi même notre République et notre peuple, Terezin est devenu le lieu où nos travailleurs viennent vénérer et rappeler les sacrifices des victimes du nazisme.

Il n'y en avait pas peu. Plus de 300 000 combattants tchécoslovaques contre le nazisme et le fascisme ont été massacrés par les nazis durant l'Occupation. Plus de 600 000 Tchécoslovaques ont été incarcérés par la Gestapo dans les prisons, dans les camps de concentration ou ailleurs.

Notre peuple visite Terezin pour puiser de la haine, de la répugnance et de la force contre ceux qui, en suivant les traces des nazis et pour augmenter leurs profits et pour s'emparer du monde entier, s'efforcent de jeter de nouveau toute l'humanité dans la misère et dans les souffrances.

À Terezin notre peuple se rappelle la Corée, que dévastent les impérialistes américains, parce qu'elle n'avait pas voulu se laisser ravir sa liberté et devenir un des instruments de guerre des agresseurs américains contre l'URSS.

À Terezin notre peuple se souvient de 300 000 enfants coréens, massacrés à l'aide des mitrailleuses, des bombes de napalm et des armes bactériologiques des assassins américains.

À Terezin notre peuple manifeste en même temps pour le front mondial de la paix, formé par l'URSS, la Chine démocratique, la Tchécoslovaquie, la Pologne, la Hongrie, la Roumanie, la Bulgarie, l'Albanie et la République allemande démocratique, et par des millions et des millions d'hommes dans toutes les autres parties du monde qui désirent la paix et qui combattent pour la maintenir. Ce front de la paix, guidé par l'Union soviétique, est plus puissant et plus fort que celui de la guerre, mené par l'Amérique impérialiste. Le front de la paix a de son côté le droit, la vie et l'avenir de l'humanité, c'est pourquoi il est invincible.

Au nom des legs de nos héros morts à Terezin, Oswiecim, Lublin, Buchenwald, Oranienburg, Mauthausen et ailleurs, notre peuple défendra la paix contre tous les ennemis. Il luttera pour écarter définitivement le fascisme, les camps de concentration et les massacres. Il luttera toujours pour amener une véritable compréhension entre les peuples, en suivant toujours les paroles du grand Staline : « La paix sera maintenue et consolidée si le peuple prend la cause de la paix dans ses mains et s'il la défend jusqu'au bout ! » Et cet engagement sera rempli par notre peuple à tout prix.

Dans le parc, en face d'Herrenhaus se trouve l'ancienne caserne des SS. Après la Libération, on y a installé le musée de l'Oppression. Tout visiteur de la Petite Forteresse doit le visiter. L'examen des preuves de la perversion et de la brutalité nazies fait voir à tout visiteur non seulement les souffrances déterminées par le régime fasciste, mais aussi le chemin que prennent ceux qui préparent, aidés par eux, une nouvelle guerre et qui essaient de troubler la paix mondiale. Les magnats financiers et industriels des pays impérialistes essaient de faire naître une nouvelle guerre pour augmenter encore davantage leurs profits immenses, sans tenir compte des hécatombes déterminées par le conflit mondial.

Le président du Conseil international de la paix, Frédéric Joliot-Curie, a déclaré dans son discours ouvrant le Congrès des nations pour la paix, qui avait lieu à Vienne au mois de décembre 1952 :

« La Première Guerre mondiale de 1914-1918 a fait 17 millions de victimes, la Deuxième 50 millions d'hommes, de femmes et d'enfants (les dégâts matériels s'élèvent à 1 000 billions de dollars). Ce terrible chiffre va augmenter sans cesse, car il y a toujours beaucoup de ceux qui meurent à la suite de blessures et de souffrances subies pendant la guerre en tant que prisonniers civils ou militaires. Mais nous n'avons pas encore réussi à évaluer le nombre de ceux qui ne cessent pas de mourir à la suite des rayons atomiques déchaînés par les bombes atomiques, lâchées il y a sept ans, sur les villes d'Hiroshima et Nagasaki.»

Tel est le bilan des pertes d'hommes. Leurs douleurs et pertes matérielles ne peuvent pas être évaluées.

Les profits de monopoles américains, qui faisaient de 1935 à 1939 5,4 milliards de dollars, ont augmenté, durant la deuxième grande guerre, pour atteindre le chiffre de 22,6 milliards de dollars.

Tel est le bilan de ceux qui préparent, pour avoir des profits encore plus grands, une nouvelle guerre, encore plus terrible.

La responsabilité des impérialistes occidentaux de vouloir provoquer une nouvelle guerre criminelle est plus que claire. La guerre et les massacres en Corée rapportent, dès maintenant, aux monopolistes américains plus de 30 milliards de dollars par an!

Les camps de concentration nazis ont existé depuis 1933. Les magnats financiers connaissaient bien leur existence. Mais malgré tout cela, ils n'essayaient pas d'empêcher la naissance du nazisme et du fascisme. Tout au contraire, ils attendaient impatiemment le moment où ils pussent s'en servir pour leur propre profit, en déchaînant une guerre mondiale. Leurs comptes courants allaient, grâce à elle, augmentant sans cesse. À présent, l'humanité est de nouveau en présence des préparations d'une nouvelle guerre: elle peut constater le réarmement de l'Allemagne occidentale, accompagné de la réapparition des généraux nazis, le réarmement du Japon où les criminels fascistes sont en train d'être libérés. Elle peut voir que les armées des impérialistes détruisent, loin de leur pays, des villes et villages paisibles. Elle ne peut nier que les impérialistes, sous la couverture de phrases pleines de paix, préparent des pactes agressifs dans tous les coins du monde. Les causes de tout cela sont toujours les mêmes : les profits des milliardaires. Mais l'humanité a reçu déjà sa leçon : elle n'oublie pas que la dernière guerre a ouvert un chemin très large vers tous les crimes.

Elle est décidée à s'emparer des fauteurs de la nouvelle guerre au flagrant délit, de mettre à nu leurs intentions criminelles, d'empêcher les massacres qu'ils préparent et de les mettre devant le tribunal de toute l'humanité. Quand la deuxième grande guerre avait éclaté, on a commencé à construire fiévreusement des chambres à gaz, mais les cœurs de ceux qui étaient responsables de toute cette misère et de toutes ces souffrances sont restés sans s'émouvoir. Des milliers et des milliers d'hommes et de femmes ainsi que d'enfants (et c'est ce qui est le plus abominable) mouraient tous les jours. Mais les prisonniers des camps de concentration ne se rendaient pas. Les témoins racontent que les mères y couvraient de leur propre corps leurs enfants, que les enfants consolaient, avant d'entrer dans les chambres à gaz, leurs parents, qu'il y avait ceux qui, condamnés à mort, se sont jetés, quoique en minorité, contre les SS armés de mitrailleuses.

Le poids de la guerre pesait sur les épaules du peuple soviétique, contre lequel elle était dirigée. Son armée, l'armée soviétique, a cependant écrasé l'ennemi impitoyable. Toutes les forces progressistes de toutes les nations l'aidaient à finir victorieusement la lutte contre l'ennemi barbare de toute l'humanité. Cette armée, armée du peuple travailleur, a libéré les nations européennes du joug du nazisme et a ainsi sauvé l'humanité de la peste fasciste. Cette force du peuple soviétique est encore aujourd'hui le principal rempart de la paix et du développement paisible de tous les peuples qui aiment la paix.

La glorieuse Armée rouge, en écrasant les nazis (et avec eux toutes les théories racistes et fascistes), a sauvé des millions et des millions de juifs. Il est donc une cruelle ironie, et presque un suicide de la part des juifs, que d'adopter le nationalisme bourgeois juif – le sionisme –, car ainsi ils redeviennent un instrument plus qu'efficace du racisme impérialiste et du service d'espionnage américain. Rappelons-nous ce qu'en a dit Klement Gottwald, président de la République tchécoslovaque, dans son discours prononcé le 16 décembre 1952 au Congrès général du Parti communiste tchécoslovaque, quand il parlait de la révélation et de la mise hors d'état de nuire de la conjuration du centre d'espionnage dirigé contre l'État tchécoslovaque :

« Les organisations sionistes et leurs patrons américains abusent, d'une manière plus que honteuse, de toutes les souffrances infligées aux juifs par Hitler et les fascistes.

« On peut dire qu'ils veulent tirer un grand profit des cendres de Oswiecim et Maïdanek. Généralement, le Parti communiste (sans parler des fonctions) est inaccessible aux anciens banquiers, fabricants, gros fermiers et koulaks. Quand il s'agissait, il y a un certain temps, de gens d'origine juive et des sionistes, on a passé chez nous sous silence leur origine bourgeoise. C'était la suite de l'opposition innée à l'antisémitisme et l'estime des souffrances subies par les juifs durant la dernière guerre. Avant celle-ci le danger n'était pas aussi imminent. Mais après, quand les organisations sionistes et les sionistes étaient devenus agents de l'impérialisme américain, la situation a complètement changé. Le sionisme est ainsi devenu un ennemi dangereux et mortel.

« Est-ce que l'homme d'origine juive est la même chose qu'un sioniste ? Jamais. Ce qui décide, c'est l'origine de chaque individu, ainsi que son attitude à l'égard de sa patrie, son dévouement et son travail pour le socialisme. La lutte contre le sionisme n'a, partant, rien de commun avec l'antisémitisme. L'antisémitisme, c'est une sorte de racisme barbare, tel que le font valoir par exemple les *supermen* américains, ou les *Übermenschen* hitlériens, contre les Noirs et les nations coloniales, ou plutôt contre toutes les nations. L'antisionisme, c'est une défense contre les agences d'espionnage et contre les agents de diversion américains. L'antisionisme et l'antisémitisme, ce sont deux choses absolument différentes. »

PS

Pleurnichard est très chiant. Il veut absolument que je consacre quelques lignes à la question du jour – depuis 1953 : l'antisionisme serait-il le jumeau secret de l'antisémitisme ?

Bon, allons-y.

En gros, l'antisémitisme est très moche, l'antisionisme très beau. Donc ça ne peut pas être la même chose.

L'antisémitisme a été largement déconsidéré à la suite des agissements d'Hitler et de ses petits camarades. L'antisionisme, lui, est resté, depuis 1953, du bon côté de la lutte des peuples. Pleurnichard lui-même, lorsqu'il était jeune et progressiste, se voulait antisioniste. Il aurait préféré que le problème juif se règle non par imitation nationaliste, mais par contagion internationaliste. En fait il aurait préféré que tout le monde devienne juif. Plan utopique certes, mais plein de promesses, comme tous les plans utopiques du monde. Chacun, chacune, devenu juif, aurait eu de l'argent, de l'humour, et surtout aurait bénéficié de la légendaire solidarité juive. Enviable, non ? L'internationalisme ayant foiré partout, la solidarité aussi, le sionisme tant bien que mal a tenu le coup et Pleurnichard a dû réviser sa position et abandonner ses illusions.

Pleurnichard me tire par la manche. Il ne veut pas que je continue à raconter sa vie et à étaler ses états d'âme. Il veut que je donne ma libre opinion sur la question : l'antisionisme est-il ou non le jumeau secret de l'antisémitisme ?

Permettez-moi, pour étayer ma démonstration, de me référer à une liste présentée au dernier scrutin européen, en 2009 donc. Une liste antisioniste. Si elle avait été antisémite, elle eût été interdite. La liste est animée par un comique professionnel. Examinons le slogan qui résume les buts et le programme de cette liste antisioniste : « Pour une Europe libérée de la censure, du communautarisme, des spéculateurs et de l'OTAN. » Tiens, ils ont oublié les Palestiniens. Bon.

Qui est pour la censure ? Il est vrai qu'elle étrangle la liberté d'expression des comiques de France, de Navarre et plus largement d'Europe. Sans la censure par exemple, le comique professionnel aurait eu le libre choix de nommer sa liste antisémite carrément, plutôt qu'antisioniste.

Le communautarisme – lutter contre –, on voit tout de suite quelle communauté est visée en priorité. Pleurnichard demande si la communauté visée pourrait cesser d'être servie en priorité, il trouve cela lassant.

Passons aux spéculateurs. Là ça se précise, ça prend corps, car si tous les juifs ne sont pas spéculateurs, tous les sionistes, eux, le sont. Il est vrai que tous les sionistes, ou presque, sont juifs. Ce qui ne plaide pas pour les juifs. Comment échapper à cette malédiction héréditaire ? Il suffit aux juifs antisionistes de se désigner publiquement comme tels, mieux, d'envoyer son obole militante et solidaire à la liste susnommée, ou, mieux encore, directement au comique professionnel lui-même, théâtre de la Main-d'Or, rue de la Main-d'Or, Paris XIe.

L'OTAN maintenant. Gros morceau. L'hydre judéo-impérialiste dans toute sa splendeur. Celle-là même que Klement Gottwald dénonçait déjà avec brio, courage et justesse dans l'opuscule paru en 1953, voir plus haut. L'OTAN donc, officine d'espionnage et force de frappe au service des intérêts des maîtres du monde, à savoir les comploteurs sionisto-américains. Vous me direz que cela ressemble au complot déjà dénoncé dans *Les Protocoles des sages de Sion*, forgés sous le tsar, repris par Hitler, Staline, avant d'être recyclés par les pays arabes où, c'est bien connu, la censure n'existant pas, on peut dire tout haut, sans crainte d'être traduit en justice, qu'on hait les juifs. Le comique professionnel recyclerait-il à des fins électoralistes un torchon datant de la fin du XIXe siècle ?

Quelques mots sur le comique professionnel antisioniste, et nullement antisémite, puisque, hélas, c'est interdit. D'abord parlons des collègues du comique, professionnels du rire eux aussi, qui, sans partager la lettre de ses propos, admirent son style, son courage – « Il est gonflé » –, son humour – « C'est le meilleur d'entre nous » –, son don pour la provoc – « Il décoiffe. Avec lui au moins on ne se fait pas chier. Il tranche avec le discours unique. Il parle pas la langue de bois. Et puis, surtout, il est trop… Il déconne quoi. C'est un comique». Pleurnichard suggère discrètement au préfet de police d'organiser une grande rafle de comiques professionnels, toutes confessions confondues. Ça n'a jamais mangé de pain, une rafle, et ça ferait de la place pour les autres.

Quelque temps avant, ou après, la naissance de sa liste antisioniste, une petite cérémonie eut lieu sur le plateau du théâtre de la Main-d'Or, siège artistique et politique du comique professionnel. Là, devant un public, son public, ravi, le régisseur du comique, vêtu en toute modestie d'un pyjama orné d'une étoile jaune, remit le «prix de l'infréquentabilité et de l'insolence» à un certain professeur Faurisson.

Faurisson est ce professeur de lettres qui consacre sa vie et ses loisirs à exiger des survivants des camps de la mort et des historiens de la Shoah des preuves de l'existence des chambres à gaz qui puissent en toute objectivité satisfaire ce même professeur. Hélas, rien ni personne n'a pu jusqu'ici le convaincre. En l'absence de preuves satisfaisantes – pour lui, le professeur «Fourisson» –, il doit continuer à clamer la vérité: les chambres à gaz n'ont pas existé. Ce qui, somme toute, serait plutôt une bonne nouvelle. Dommage qu'il ne puisse fournir des preuves de la non-existence de ces chambres, et surtout qu'il soit infoutu de ramener les millions d'êtres transportés à l'Est, disparus depuis sans donner de nouvelles.

Passons sur le professeur et revenons à la cérémonie de remise de prix. Dans ce pays, votre pays, notre pays, on traque, on arrête, on juge, on emprisonne les profanateurs de cimetières. Mais on peut ridiculiser impunément, sous les ricanements et les bravis-bravos, le pyjama et l'étoile jaune, linceul symbolique de millions d'êtres humains, dont le père de Pleurnichard. Allons, allons, et votre trop fameux sens de l'humour, où vous l'êtes-vous encore fourré ? Et la liberté d'expression de l'artiste enfin ? Il s'agissait d'un happening, d'art moderne, la déconne quoi ! Seriez-vous pour la censure ? Oui, et pas qu'un peu, mon neveu ! La censure, le cachot, la Bastille, Cayenne, et à défaut le trou des chiottes pour le comique avec double tirage de chasse.

Calmons-nous. Je ne suis pas Pleurnichard, je me fous du problème du jour. Je me fous du comique professionnel, il m'indiffère. Il m'écœure, il me donne la gerbe, mais il m'indiffère, car pas dangereux. Faurisson, oui, le professeur Faurisson, est d'une autre espèce. Il y a quelques décennies, lorsque je prenais la parole dans les classes de terminale où l'on étudiait *L'Atelier*, je relatais en fin de séance un petit récit concernant Faurisson et les médias. J'ai dû cesser parce qu'au fil des années les élèves, et c'est tant mieux, finirent par ignorer qui était Faurisson. Grâce au comique professionnel, je vais ressortir ma petite histoire, et c'est tant mieux.

Dans les années soixante-dix-quatre-vingt donc, un des papes du PAF, outre sa prestigieuse émission télévisuelle d'une incontestable portée humaniste et culturelle où la grande musique côtoyait les sommités de l'art et de la poésie, bref, outre cette messe hebdomadaire ou mensuelle, animait une émission radiophonique quotidienne. Le principe en était simple : il recevait à une heure de grande écoute, en direct, un individu, connu ou inconnu, et lui faisait parler de son « expérience de vie ». Ce jour-là – l'émission est restée gravée dans mon disque dur – le pape recevait un ancien déporté qui n'avait jamais parlé. C'est ainsi qu'il présenta son invité tout au long de l'entretien. « L'ancien déporté qui n'avait jamais parlé » participait sans enthousiasme à sa propre interview. Il se confiait avec réticence et difficulté, ce qui donnait à ses rares propos, forcément inédits à la radio, encore plus de prix aux yeux de l'animateur et des auditeurs. Pour compenser le peu d'allant de « l'ex-déporté qui n'a jamais parlé », le pape, appelons-le l'« animateur » pour simplifier – mon épouse ne voulant pas que j'écrive son nom, ça va faire délateur, bon –, l'animateur, donc, adopta un ton plein de dynamisme quoique empreint d'une infinie compassion : « Parlez-nous de ce fameux convoi de mars 43 au départ de Drancy. » « L'ancien déporté qui n'a jamais parlé » demande, surpris : « Fameux ? Pourquoi fameux ? » L'animateur alors précise avec entrain : « Parce que vous étiez dedans avec votre famille ! » L'ancien déporté relate alors son voyage, son arrivée, la sélection.

La fin de l'émission arrivant, l'animateur explique alors à l'ex-déporté qu'il y a une sorte de rituel dans l'émission, une tradition, que l'invité accepte ou refuse. Voici la chose. On lui passe en direct un auditeur qui lui pose une question au téléphone. « L'ancien déporté qui n'a jamais parlé », dominant très mal les médias, murmure : « Si c'est une tradition… » L'animateur, ravi, lui passe alors le professeur Faurisson. Il n'y a pas fort heureusement d'images à la radio, mais je vois encore la surprise se lire sur le visage de l'ancien déporté. Il s'agit bien d'un correspondant, et en direct, au téléphone. Échange de politesses. L'animateur change soudain de voix et quitte l'urbanité qui fit sa gloire, s'efforçant au mépris et à la brutalité. Il ordonne à Faurisson de poser sa question.

Faurisson, le professeur Faurisson, d'une voix exquise doublée de miel, susurre alors qu'il respecte infiniment la grande douleur de « l'ancien déporté qui n'a jamais parlé »... L'animateur exige maintenant : « Posez votre question ! » Faurisson alors, d'une voix de chocolat chaud, glisse en un souffle : « S'il n'y avait pas eu de chambres à gaz, faudrait-il le dire ? » Silence. Long silence pour la radio. « Le déporté qui n'a jamais parlé » ne répond pas. L'animateur se précipite alors pour boucher l'insupportable trou : « Vous ne voulez pas répondre, vous ne répondez pas. Nous savons qui est ce monsieur ! » clame-t-il.

Le déporté alors, très calme, précise : « Je n'ai pas compris la question. » L'animateur, changeant de voix de nouveau, agité et presque haineux, aboie sur Faurisson : « Précisez votre question ! » La voix de Faurisson, capable désormais de tuer sur place un diabétique en traitement, articule en détachant chaque syllabe : « S'il n'y avait pas eu de chambres à gaz, faudrait-il le dire ? » Nouveau et profond silence. L'animateur hurle alors : « Vous ne voulez pas répondre ? Libre à vous ! Libre à vous ! Ne répondez pas ! Ne répondez pas ! » Et tout de suite le générique est lancé. Grande musique, orgue, échec et humanisme à tous les étages. Liberté totale d'expression. Seul, l'ex-déporté a refusé de parler. « À demain sur cette même antenne ! »

Moralité : la victime de la grossièreté du pape et du silence outrageant de l'ex-déporté, c'est Faurisson. Le pauvre professeur Faurisson pose une question et on ne lui répond pas. Il est si modeste, si doux, si humble, si poli, si précis aussi : « S'il n'y avait pas eu de chambres à gaz, faudrait-il le dire ? » Admirable, non ? On le voit, le comique professionnel n'arrive pas aux fixe-chaussettes du professeur de lettres.

Devenir la victime des victimes, le persécuté des persécutés, voilà le but du jeu, et pas de se faire élire aux élections européennes. À ce jeu-là Faurisson a des années-lumière d'avance sur le triste bouffon.

Tant que les antisémites se cacheront sous le masque de l'antisionisme, le danger ne sera pas grand. Il suffit d'arracher leur masque pour qu'apparaisse leur trogne. Bien plus grande est la menace lorsque le masque ne cache rien d'autre que le désir effronté de faire de l'audience tout en passant pour un défenseur de la liberté d'expression et de l'humanisme.

Pour en savoir plus sur l'exquis professeur Faurisson, lisez les excellents ouvrages de Nadine Fresco.

Un chapitre de merde

Pleurnichard a très peu de souvenirs d'enfance : les flics à la maison, l'un d'entre eux notant la présence de deux enfants, dont un en bas âge – l'« en-bas-âge », c'est Pleurnichard. Sans doute est-ce là le tout premier de ses souvenirs. Mais était-ce lors de l'arrestation de Zacharie, ou cet autre matin, lorsque à défaut de Zacharie absent – quelques nuits par semaine après sa première incarcération il dormait par précaution dans une chambre du sixième complaisamment mise à disposition par monsieur Maugan, le concierge – d'autres flics embarquèrent Suzanne, Maxime et Pleurnichard, direction commissariat sous la mairie du Xe, avant leur retour à domicile ? Mais même de cet aller et retour je ne suis pas sûr, question chronologie. Était-ce après l'arrestation de Zacharie ou avant ?

Quoi qu'il en soit, après il y eut le départ en zone libre pour Maxime et Pleurnichard. Une dame qu'on nommait « l'infirmière » leur fit passer la ligne après leur avoir appris leur nouveau nom. D'après Maxime, ce nouveau nom était Guichard. Pleurnichard, lui, se souvient de Richard. « L'infirmière », en fait une bénévole de l'OSE, les prit à Paris et les accompagna jusqu'à destination. C'est ainsi qu'on sauvait les enfants deux par deux, et bien souvent un par un. Toujours d'après Maxime, Pleurnichard passa la ligne de démarcation sur les genoux d'un soldat allemand – aucun souvenir – qu'il appelait « papa ». Connaissant Pleurnichard, j'ai peine à le croire. Des photos prises à Toulouse témoignent du passage des deux frères dans la ville rose où une lointaine cousine les héberge. Sur l'une des photos, l'aîné, Maxime, se tient bien droit, sa tête d'homme dressée au-dessus de ses frêles épaules, il se tient droit tel un petit noble en exil, responsable, à huit ans, de lui et de son cadet Pleurnichard, qui se tient à ses côtés avec l'air d'avoir déjà chié dans ses culottes. Il semble là se retenir de pleurnicher. Maxime ne lui tient pas tout à fait la main. Il a posé sa main gauche sur le bras droit de Pleurnichard d'un geste affectueux, protecteur et un brin possessif.

Après Toulouse, Moissac. Là encore très peu de souvenirs et pas de photos. Je sais aujourd'hui que Moissac était une maison d'accueil pour enfants juifs, l'un des refuges de l'OSE. Les éclaireurs israélites de France, au risque de leur vie, y assuraient, comme dans d'autres lieux, l'accueil, le transport, le sauvetage, le placement des enfants pourchassés. Un seul souvenir visuel : un vendredi soir sans doute, tous les enfants réunis dans le grand réfectoire, tête couverte, prient avant de manger dans la belle vaisselle, avec de beaux couverts et des bougies sur les tables.

Autre souvenir : Maxime a les oreillons, il est en quarantaine. Pleurnichard n'a pas le droit de le voir. J'imagine les larmes de l'un et l'angoisse de l'autre. Consulté, Maxime, le frère, affirme que ce fut Pleurnichard qui se chopa les oreillons, et pas lui, et fut placé en quarantaine. Il ajoute que c'est lui qui vit Pleurnichard pleurnicher à la fenêtre de l'infirmerie et qu'il fut un temps soulagé de ne plus l'avoir dans les jambes. La mémoire vous joue de ces tours quand même…

Après Moissac, bref séjour à La Grave, en Isère. Seul souvenir : une descente en luge dans la neige, sans joie et sans plaisir. Il y a peu, fortuitement, le même Maxime me confia qu'à La Grave, perdu dans le silence des cimes enneigées, son angoisse culmina. Ce fut le moment le plus terrifiant pour lui de toute la guerre. Pleurnichard, lui, ne se souvient que de la luge. De La Grave, placement dans une famille près de Grenoble. Beaucoup d'enfants, dont des enfants de résistants. On trouve sous les sièges des véhicules des pères venant visiter leurs rejetons des revolvers et autres gâteries. Là, les souvenirs se font plus précis. Bizarrement il y a des vignes autour de la maison. Un homme, pantalon haut relevé, foule le raisin dans un bac en bois. Un liquide rouge remonte le long de ses jambes. Il patauge dans le sang. Pleurnichard en a le souffle coupé. Il ne peut détacher les yeux de ces jambes d'homme nues et rouges. La guerre s'incarnait-elle pour lui dans cette nudité et ce sang foulé aux pieds ?

Le raisin encore. Aux vendanges, Pleurnichard dut en abuser. Résultat : colique et souvenirs. La maîtresse de maison, par souci de discipline et afin de ne pas se laisser déborder, étale en représailles le slip souillé de matières sur un fagot près de la petite cabane abritant d'incommodes commodités. Tous les enfants visitant les lieux peuvent ainsi constater olfactivement et de visu l'effroyable résultat de la gloutonnerie de Pleurnichard. Je ne me souviens pas de ce qu'il éprouva, ni comment Maxime réagit. Je ne vois que le slip plein de merde, étalé là, sur les fagots.

Pour être complet sur cette période, une autre image que Maxime n'avalise pas. Une fois par semaine, un vert-de-gris troufion allemand pousse une brouette pleine de denrées de première nécessité vers la maison qui abrite les enfants des résistants et les quelques enfants juifs. Fruit de mon imagination, soutient Maxime. Je ne crois pas. J'aime croire en tout cas que ce soldat et sa brouette ont existé. Preuve que rien n'est parfait, même le pire.

À la Libération de Grenoble, installés dans une excavation due aux bombardements, un soldat américain fait tirer une bouffée de cigarette à Pleurnichard qui en tourne presque de l'œil et vomit d'abondance. Pour clore cette période, évoquons un souvenir également contesté par l'aîné : des chameaux près de la petite école du village où tous les enfants, y compris Maxime et Pleurnichard, fréquentent la même classe. Des chameaux sur les bosses desquels les tirailleurs marocains font grimper les enfants pour leur faire faire le tour du village.

Un souvenir de Maxime en prime, qui s'insère bien dans ce chapitre, et que Pleurnichard au fil des années a fait sien : Maxime donc, avec un copain de son âge, parcourt les allées d'un camp américain. Dans les tentes, des soldats se détendent. Les enfants quémandent : chocolat, chewing-gum, biscuits, tout ce qui se mange et même tout ce qui se fume. L'un des soldats retourne son casque qu'il remplit de friandises, puis du même geste il sort son engin et pisse dans son casque avant de le tendre aux enfants qui s'enfuient en courant.

Retour à Paris. Pleurnichard caché derrière son frère parce qu'il ne reconnaît pas la dame à la voix pointue qui lui assure être sa maman. Bon, trêve d'attendrissement, revenons au chapitre merde en tout genre. À l'école une maîtresse refuse de laisser sortir Pleurnichard qui supplie doigt levé.

– Pas avant que celui qui est déjà sorti ne revienne.

Celui qui est déjà sorti justement est son chouchou. Sûr de son impunité, il traîne et traîne, et ne revient pas. Pleurnichard supplie, insiste. La maîtresse est intraitable.

– Madame, madame, j'ai envie !

– On se retient ou on prend ses précautions à la récréation.

– C'est la grosse commission, madame !

– Pas avant que…

Pleurnichard se dresse soudain, hagard, lunettes de travers, bouche ouverte, mains sur le ventre. La maîtresse comprend et autorise. L'autre enfant vient de passer son nez dans la porte. Pleurnichard comme fou le pousse et court, coudes aux corps. Il faut descendre deux étages, traverser le préau, gagner la cour, et… hélas… au milieu du premier étage : catastrophe ! Pleurnichard ne sait où aller. Il pleure sur place à mi-étage. Une femme de service l'aperçoit et comprend la situation. Au lieu de le descendre aux toilettes, elle le remonte en classe. Pleurnichard pleure de plus belle, il est poussé devant les autres qui ricanent en fond sonore. Pleurnichard pleure et pleure, tandis que la maîtresse roule des yeux et fait signe avec ses mains : éloignez-le, éloignez-le.

La décision est prise de le ramener à la maison.

– T'habites où ?

– Rue de Chabrol, hoquette Pleurnichard, mais y a personne à la maison.

– Où est ta mère ?

– À l'atelier, 26 rue de Chabrol.

La femme de service accompagne Pleurnichard qui marche, jambes écartées, sanglotant sans cesse.

– Arrête de pleurer, c'est quand même pas la mer à boire !

Les voilà au 26.

– Elle travaille chez qui ?

– Gryn frères.

– Deuxième étage ?

– Non, l'atelier est au troisième.

Les voilà maintenant au troisième, puis dans la pièce des finisseuses. Suzanne se dresse, ses rougeurs deviennent écarlates :

– Qu'est-ce qui se passe ? Qu'est-ce qui se passe ?

Pleurnichard pleure sans répondre.

– On a eu un petit accident.

Et la femme de service localise du menton le lieu de l'accident.

Toutes ont déjà compris et Suzanne avec. Elle se saisit de la main de Pleurnichard et sort en courant. Du 26 au 34 il n'y a pas loin. Suzanne cependant ne peut que répéter : « Mais pourquoi elle t'a fait monter à l'atelier ? Pourquoi elle t'a pas fait attendre en bas ? » Je revois Pleurnichard dans la cuvette posée à même le sol au centre de l'étroite cuisine, Suzanne qui fait chauffer *tchaïneck** sur *tchaïneck* et qui débarrasse Pleurnichard de sa honte collante, tout en répétant : « Pourquoi elle t'a pas fait attendre en bas ? », tandis que Pleurnichard, comme pour se disculper, ânonne inlassablement : « La maîtresse, elle m'a pas laissé sortir, maman, et après j'ai pas pu, maman, j'ai pas pu… » Voilà. On jette l'eau dans les WC et on rerince le Pleurnichard à l'eau froide, c'est plus sain. Suzanne ne peut s'empêcher de répéter et répéter encore tout en le frictionnant : « Pourquoi elle t'a pas laissé en bas, cette idiote, pourquoi elle t'a fait monter ? »

Le lendemain Pleurnichard de retour en classe s'aperçoit qu'il y a eu la veille en son absence distribution de buvards. Il lève le doigt et réclame son buvard. La maîtresse réplique sèchement :

– Les buvards, c'était hier.

– J'étais pas là, madame.

* « Bouilloire » en yiddish.

– Il ne fallait pas faire dans tes culottes, tu aurais eu un buvard comme les autres.

– Il fallait me laisser sortir!!! hurle Pleurnichard en retour.

Silence. La maîtresse se lève enfin, traverse vivement la classe et dépose un beau buvard rose sur le pupitre de Pleurnichard. Les copains autour approuvent. Pleurnichard a repris la main et range avec soin son buvard dans son cartable.

Ce fut cette même année, et sous cette même maîtresse, que Pleurnichard découvrit la supériorité de la fiction sur la vérité, fût-elle historique. Un jour qu'elle rendait les copies corrigées par ses soins, la maîtresse s'exclama à propos du devoir de Pleurnichard :

– Pourquoi écris-tu si mal ?!!!

– Parce que les Allemands m'ont torturé pendant la guerre, madame.

– Les Allemands t'ont torturé ?

– Oui, madame, ils m'ont coupé les poignets, et depuis j'peux plus écrire proprement.

– Fais-moi voir.

Pleurnichard, ni une ni deux, se dresse et marche droit vers l'estrade en soulevant les manches de sa chemise. Il place enfin ses deux poignets sous les yeux de la maîtresse.

– Ils m'ont coupé les poignets avec une baïonnette.

La maîtresse se penche sur les poignets, sans les toucher toutefois, elle n'y décèle aucune trace. Pleurnichard soutient son regard et affirme :

– On voit plus rien aujourd'hui, mais depuis je ne peux plus écrire droit, mon poignet se tortille.

Elle acquiesce gravement, puis l'invite à s'adresser à la classe entière qui boit déjà ses paroles dans un silence religieux :

– Raconte-nous comment ça s'est passé.

– Eh bien, on était cachés, mon frère et moi, dans une grande maison près de Grenoble, les boches sont entrés, mon frère a eu le temps de se cacher mais pas moi, alors ils m'ont attrapé et m'ont demandé de dire où était caché mon frère, mais moi j'ai pas voulu leur dire, alors ils m'ont donné des coups de baïonnette sur les poignets pour que je leur dise où il était…

– Et où était-il ? demande la maîtresse sans ironie.

– Derrière les doubles rideaux, mais les Allemands ne le voyaient pas, et moi je ne voulais pas leur dire, et surtout je ne voulais ni crier ni pleurer de peur que mon frère sorte de sa cachette pour me défendre. Alors pendant qu'ils me torturaient, je serrais les dents. Quand ils ont vu que jamais je ne parlerais sous la torture, ils sont partis en disant qu'ils reviendraient et qu'ils nous prendraient tous les deux, mon frère et moi.

Il y eut un grand silence pendant lequel Pleurnichard retint ses larmes. Les copains, et même les pas copains – ils étaient nombreux ceux qu'on appelait les « fachos » –, tous buvaient mes paroles. Je les tenais. Ce fut mon premier succès public. La cloche sonna. La maîtresse passa sa main dans mes cheveux et on sortit tous dans la cour. Là, la classe entière me demanda la suite des aventures de Pleurnichard et de son frère. Jusqu'à la fin de l'année scolaire je dus poursuivre le feuilleton. Pleurnichard, guidé par Maxime, sortant de la maison cernée par les Allemands, en passant par un souterrain qu'on pouvait atteindre par la cave qui débouchait en plein bois. Comment après on fit prisonnière une bonne partie de l'armée allemande et on aida les Américains, surtout les tirailleurs marocains et leurs chameaux, à libérer Grenoble. Tous les jours il fallait trouver une suite. Ils n'étaient pas exigeants, ils avalaient tout et en redemandaient. Je n'étais plus celui qui chie dans la colle et dans son froc, je n'étais plus celui dont on avait pris le père au saut du lit, j'étais celui dont on avait coupoté les poignets, celui qui n'avait pas parlé sous la torture, celui qui avait sauvé son frère, celui qui avait vaincu Hitler. Si quelqu'un un jour, on ne sait jamais, se demande comment Pleurnichard a débuté dans la fiction, qu'il lise ce chapitre de merde et il aura sa réponse.

Pour continuer en beauté cet épisode merdeux, nous allons devoir faire, très chers lecteurs, un saut dans le temps. Toute modestie mise à part, l'épisode que je vais tenter de vous conter maintenant constitue une sorte de chef-d'œuvre de merde.

Maxime travaillait chez notre oncle Maurice dans un magasin nommé Madison Sport sur les Grands Boulevards, boulevard Bonne-Nouvelle précisément, juste à côté du théâtre du Gymnase. Le magasin faisait partie des vestiges d'un fastueux restaurant, le Grand Marguerie, qui fut dépecé dans les années vingt. Les plafonds et les sols témoignaient encore de sa splendeur passée. Juste au-dessus de Madison Sport se trouvait un restaurant yiddish, le Casher Éden, restaurant qui paraissait somptueux vu d'en bas et de l'extérieur, et qui, une fois visité, s'avéra en triste état, dans cet après-guerre où le yiddish tendait à disparaître après l'assassinat de ses locuteurs et des clients potentiels de ce Casher Éden. Et ce ne fut pas l'arrivée des juifs pieds-noirs qui le sauva.

Quoi qu'il en soit, un certain mois d'août, mon frère exceptionnellement prit des vacances et proposa donc à son oncle et patron de me prendre, non pour le remplacer – mes compétences n'étaient nullement l'égal des siennes –, disons plutôt en guise de bouche-trou afin d'épaissir l'équipe estivale forcément réduite. À l'époque je me disais comédien. C'est-à-dire que je ne faisais déjà rien sinon me ronger dans l'attente d'une hypothétique rencontre avec un metteur en scène, américain de préférence, qui, cherchant un nouveau James Dean, serait tombé en arrêt sur Pleurnichard. Abrégeons. Ma tâche était simple : je devais faire la porte. C'est-à-dire rester sur le boulevard et inciter les rares passants à pénétrer dans le magasin où il était supposé faire plus frais. Il faisait très, très chaud en ce mois d'août et je fus bientôt victime d'un syndrome qu'on appelle aujourd'hui « gastro-entérite » et qu'on nommait à l'époque vulgairement « chiasse ».

Au premier spasme je quitte donc mon poste et gagne précipitamment le fond du magasin. Je traverse le hall où sont dressées des tentes de camping tout équipées et je m'enfonce dans les profondeurs de l'ex-Marguerie. J'atterris enfin à la dernière seconde au lieu dévolu. Hélas, ces lieux ne m'étaient pas encore familiers et le siège tant désiré placé à l'autre bout de la vaste pièce sans fenêtre, la porte une fois claquée, je ne trouvai ni la minuterie, ni surtout le verrou. N'ayant pas de temps à perdre, je me précipite à l'aveuglette, à tâtons peut-on dire, vers le trône libérateur que je découvre presque par hasard. Je m'y installe précipitamment.

Du hall voisin j'entends des voix, surtout la voix nasale et forte de mon oncle Maurice qui vante les qualités exceptionnelles de robustesse et de stabilité d'un prototype de bateau pneumatique. Je réalise que je suis justement dans le lieu où l'on stocke, entre autres, les bateaux pneumatiques. La voix de mon oncle se précise, se rapproche même.

Je me dis qu'il doit bien y avoir un bateau gonflé exposé dans le hall parmi les tentes, les tables pliantes et autres chaises longues. Il est logique que les bateaux gonflés se trouvent installés tout près du lieu de stockage des bateaux non gonflés, non ? Sur mon siège je me fais tout petit et je pousse et pousse en silence. Je n'ai d'ailleurs pas à pousser beaucoup. En tout cas, malgré mes efforts, je ne suis pas au bout de ma peine. La porte soudain s'ouvre, la lumière fuse, et mon oncle élégamment s'efface pour laisser passer en premier un couple d'acheteurs de bateau déguisé en couple de notaires en congés qui se trouve nez à nez avec James Dean, jean baissé, cul nu, absorbé en plein effort et qui feint de regarder ailleurs. Précipitamment ils ressortent.

Oncle Maurice passe la tête, gronde entre ses dents qu'on s'enferme pour chier et qu'on ouvre la lumière ! Puis il me tue du regard et court après les clients que j'entends fuir. Non, non, non, ils ne veulent plus de bateau, ils loueront une caravane ou une péniche, c'était leur première idée, merci, merci, merci. L'oncle alors se déchaîne, rage, tempête, me traite de merdeux, de trou du cul. Rien n'atteint James Dean. Heureux, il se soulage malgré les contingences et les bateaux pneumatiques. Je suis un acteur, un vrai, un comédien génial, et comme tel je me fous du tiers comme du quart, je chie, je chie, je chie.

En supplément à ce chapitre de merde, voici, offert par la maison Pleurnichard, ce bref récit retrouvé dans un cahier des années soixante, Pleurnichard y relatait sa première maladie honteuse.

J'avais onze-douze ans, et déjà j'étais un acharné de lecture. À la maison il n'y avait pas de livres – j'entends pas de livre à nous, achetés par nous –, sinon quelques illustrés que nous échangions, mon frère et moi, avec des copains d'école dans nos très jeunes années. La bibliothèque municipale du Xe devint notre bibliothèque. Nous avions trois cartes. Avec la mienne j'avais le droit de prendre trois livres dans la section enfantine, ce qui me mortifiait un peu. La carte de mon frère donnait accès à trois livres de la section adulte, et, par mesure de précaution, nous avions fait prendre une troisième carte à Suzanne.

Très rapidement je jouis seul des trois cartes. Si bien que chaque samedi je rentrais à la maison avec neuf livres : trois enfants, six adultes. J'avais obtenu que mon frère, ou à défaut ma mère, m'accompagne de temps en temps, histoire de rassurer les bibliothécaires qui m'interrogeaient parfois, soupçonneuses.

– Tu as lu ça ?

– Non, madame, c'est pour ma mère.

Il s'agissait de Zola ou, je me souviens encore, de *Clochemerle*. Je choisissais les trois livres section enfantine rapidement, honteusement même, me fiant uniquement aux couvertures. Puis je déambulais gravement dans la vraie bibliothèque, celle qui m'était interdite, caressant du regard les livres sur les hauts rayonnages, tous uniformément reliés de toile rouille. Tous les livres que je choisissais m'étaient destinés. Accessoirement ma mère m'en demandait un pour sa propre consommation, livre qu'à regret je devais prendre et reprendre plusieurs semaines, voire plusieurs mois, ma mère lisant très lentement. Mon frère, après avoir beaucoup lu, traversait une période d'intérêts diversifiés, disons qu'il s'était déployé sur un tout autre terrain. Moi, j'étais en plein dedans, ça ne m'a d'ailleurs jamais quitté, lire, lire, lire, beaucoup, tout le temps, sans répit et n'importe quoi.

Livré à mon seul instinct, je choisissais au hasard, fondant sur la beauté des titres ou l'exotisme des patronymes. J'étais déjà très attiré par les Z et les W. J'adorais aussi les longues séries. Ainsi je n'avais plus à choisir, il suffisait de sortir la moitié de la rangée. Les auteurs prolixes m'étaient également familiers. Je lisais volontiers Cronin, Pearl Buck. Ma mère, elle aussi, adorait Pearl Buck, et tout particulièrement *Pivoine*, récit d'un mariage juif en Chine.

Enfin je lisais tout et n'importe quoi, l'important étant de lire un livre par jour et de ne jamais faiblir. Disons qu'en cette matière je me révélais, et suis resté, plus boulimique que fin gourmet. Dès mon retour de l'école, j'expédiais les devoirs qu'on me rendait d'ailleurs toujours avec la mention « illisible » et le chiffre zéro, et je me mettais au vrai travail, la lecture, mon travail, mon labeur, ma passion, mon plaisir. Mon frère et moi lisions tout en mangeant. Mon frère caché derrière son journal, moi les lunettes plongées dans un bouquin, c'est comme si nous n'étions pas là. Ma mère posait le frichti sur la table et s'indignait : « On ne lit pas à table ! Pour qui je fais à manger ?! » On chipotait sans daigner lever le nez. « Avec qui je parle, moi ? Avec les murs ? » Elle arrachait nos lectures et tentait de les jeter, nous rattrapions le tout et nous remettions ça. Vaincue, elle s'asseyait et mangeait seule et en silence.

Une fin d'après-midi, mon frère et ma mère encore au travail, je dévorais comme à l'ordinaire un ouvrage dont j'ai oublié le titre, l'auteur et en gros l'intrigue. À la réflexion il s'agissait peut-être d'un Caldwell, en tout cas ça se passait dans le sud des États-Unis, dans une plantation. Le passage que je lisais ne m'intéressait pas outre mesure. L'auteur y décrivait le viol d'une jeune esclave noire, une gamine, par un planteur blanc, un vieux pourri. Le tout se passant sur la margelle d'un puits. Le passage une fois avalé, je me sentis tout chose, pas bien du tout même. Il se passait quelque chose de nettement inhabituel du côté de ma culotte, j'étais comme saisi par une gigantesque envie de pisser, mon machin devint exagérément gros et dur, je courus aux WC, et là impossible de me soulager malgré l'envie grandissante. Au lieu de ça, à ma grande frayeur, une sorte de semoule blanchâtre jaillit de mon engin, me secouant de frissons, frissons qui m'obligèrent à me tenir au mur. Ayant reçu un peu de ce que je considérais comme du pus sur la main, j'observai ça avec terreur. Quelle étrange et terrifiante maladie avais-je chopée là ? Je ne savais pas si je devais conserver un peu de ce pus pour le soumettre à la sagacité de mon frère, ou si je devais au contraire m'en débarrasser très vite. Quoi qu'il en soit, d'instinct, je sus que je ne devais rien en dire à ma mère, pour ne pas l'inquiéter sans doute.

Quand elle rentra avec les courses, elle me

trouva bizarre. En effet, bien que je ne sois pas descendu à sa rencontre, je ne lisais même pas. Je lui dis que j'avais mal à la tête. « Ça ne m'étonne pas, tu te fais mal aux yeux à lire comme ça tout le temps. » Précisément je me tenais la tête dans les mains, prostré, attendant, terrorisé, le retour de mon frère. En général il rentrait du boulot d'humeur de dogue, il ne répondait jamais ou rarement à mes questions, ne parlait pas à table, il poussait juste quelques grognements pour obtenir sel, pain ou eau. J'eus donc toutes les peines du monde à l'entraîner à l'écart, aux WC précisément, pour l'informer du grand malheur qui venait de me frapper.

Je lui racontai tout en détail. Il prit alors un air grave et, d'une voix sinistre, lâcha : « Mon vieux, t'es fichu. » J'allais m'effondrer en larmes quand il m'assena une tape formidable dans le dos tout en éclatant de rire. Il demanda à lire le passage déclencheur de trouble et constata qu'à lui ça ne faisait rien du tout. Puis il m'interrogea avec je ne sais quel sous-entendu dans la voix pour savoir si je tenais le livre d'une main ou des deux. Quelle importance ? Je n'en savais rien et je ne voyais pas le rapport. Chacune de mes réponses le faisait rire. Il était devenu brusquement égrillard et ne cessait de m'adresser des bourrades ou des clins d'œil. Peut-être avait-il bu ?

Enfin, à brûle-pourpoint, il me demanda si à mon âge je savais déjà comment on faisait les enfants. Bien sûr je savais. « Eh bien, mon petit, ça y est, tu peux en faire, cette “semoule”, comme tu dis, est bourrée de petits moutards en compote. » Je trouvai ça ridicule et dégueulasse. Puis, encore un peu inquiet, je lui demandai si à son avis je pourrais de nouveau uriner, ou si désormais il n'y avait que de la semoule à espérer. Il me conseilla d'essayer. Plein de méfiance, je le fis, et je pus constater que ça marchait encore joliment, comme si l'accident précédent n'avait jamais eu lieu. Mon frère se réjouit avec moi et pendant plusieurs jours il me considéra d'un autre œil avant de me renvoyer à mes jeux et à mes chères lectures pour puceau.

Pour clore ce chapitre, il me reste à évoquer l'épisode le plus douloureux de ma vie de fils. Suzanne, tandis que Pleurnichard jouait et triomphait dans *L'Atelier* à l'Odéon (1979), fut victime de chutes répétées. On la trouvait au sol chez elle, ne pouvant se relever. Maxime craignait qu'elle ne se casse le col du fémur, ou qu'elle reste ainsi sans soin toute une journée ou plus. Les médecins consultés ne trouvèrent rien de nouveau. Elle ne tenait pas debout, voilà tout. L'âge, la fatigue, la dépression. Maxime alors décida, avec mon accord, de la placer dans une maison de retraite. Depuis quelques mois, nous cherchions tous deux un lieu convenable, Suzanne ne voulant sous aucun prétexte se retrouver chez les vieux juifs, là où Baruch avait fini sa vie. Tous les lieux que nous visitions étaient sordides et complets. On passa aux gardes de nuit, mais Suzanne ne supportait pas dans son deux-pièces la présence d'une employée ne faisant rien d'autre qu'attendre sa chute pour la relever.

– Elle reste assise devant moi, elle ne fait même pas les carreaux !

– Maman, tu as une femme de ménage pour les carreaux.

– Elle veut descendre faire les courses avec moi en me tenant le bras comme si j'étais une petite vieille !

– Maman, elle est là pour t'aider.

– Qu'est-ce que j'ai besoin d'une bonne femme assise chez moi ?

– Si tu tombes, maman…

– Moi, je travaillais assise, d'accord, mais mon travail, c'était pas d'attendre que mon patron se casse la gueule pour le ramasser !

Avec le temps, les chutes se multipliant et les volontaires se raréfiant – souvent les femmes recrutées étaient dans le même état que Suzanne, mais n'avaient pas, hélas, de fils fortuné et généreux comme Maxime : l'une d'entre elles me téléphona pour me dire qu'elle ne pouvait pas se rendre chez Suzanne parce qu'elle-même, prise de vertiges, était tombée et s'était cassé la clavicule, une autre prétexta que Suzanne lui avait mal parlé et même lui avait donné des ordres –, Maxime finit par saisir la première opportunité qui se présenta. C'était une maison médicalisée, horriblement médicalisée.

Impuissants, nous la voyions, au fil des jours, régresser et sombrer dans un mutisme quasi total. L'endroit accueillait des grabataires, et qui ne l'était pas en entrant était appelé à le devenir rapidement. Je passais la voir le plus souvent possible, ou plutôt aussi souvent que j'en trouvais le courage. C'était en banlieue, pas facile d'accès et absolument débilitant. Je l'emmenais au café. Là, face à sa tasse de thé et sa tranche de cake, elle stagnait comme suspendue dans le vide, les yeux tournés en dedans, et ne répondait que par monosyllabes aux pauvres astuces que je m'efforçais de produire.

Un après-midi, tandis que je tentais de trouver un sujet de discussion, ou à défaut une remarque judicieuse sur la météo, elle s'affaissa soudain comme si elle allait s'endormir, puis resta ainsi, tête inclinée, fixant le sol avec surprise. Je baissai alors mon regard et découvris sous sa chaise… non, je ne peux pas l'écrire. Les gens du café furent impeccables : « Ça arrive à tout le monde ! affirma le patron. Pensez donc ! », tandis que la patronne, pelle en main, constatait, pleine d'entrain : « Un coup de serpillière et ça n'y paraîtra plus. » Moi, je me confondais en formules plus plates les unes que les autres. Jamais, jamais je ne me suis senti si honteux, si coupable. Suzanne assistait à tout cela comme si cela ne la concernait pas. Cela la concernait-il d'ailleurs ? Elle était détachée comme seuls le sont les exclus, les bannis, les exilés à vie. Et moi, je faisais corps avec tous ceux qui l'avaient exilée.

Le surlendemain Maxime dégotta à l'arraché une chambre libre avec salle d'eau et jardin fleuri dans une maison moins médicalisée et plus proche de Paris. Le paradis terrestre, quoi… Suzanne y reprit figure humaine, elle finit même par me dire qu'une cartomancienne, consultée dans ses jeunes années, lui avait prédit beaucoup de malheurs dans sa jeunesse mais beaucoup de bonheur dans sa vieillesse, eh bien, ça y était ! Cette euphorie fut passagère, l'apathie regagna du terrain. Mais quand même, la cartomancienne avait vu juste : une pincée de bonheur dans un gros tas de malheurs.

Un mardi – je m'y rendais le mardi et le dimanche – où je ne pouvais venir, mon frère la visita à ma place. Il lui proposa de faire un tour dans le jardin, elle se leva soudain pressée, il était déjà tard, enfila à la hâte son manteau, le bras droit, le gauche, plouf. Son exil se termina ainsi.

Suzanne fut inhumée à Bagneux, dans un caveau de société. Il me faut préciser, pour ceux qui l'ignoreraient, que la communauté juive ashkénaze, pour résoudre le problème de l'inhumation des nécessiteux, s'était organisée dès le XIXe siècle en sociétés selon les lieux d'origine ou les idéaux communs des sociétaires. Presque toute sa vie, Suzanne cotisa à l'Avenir fraternel, où son père et sa mère avaient cotisé eux-mêmes en prévision de leurs futures obsèques. Ils reposent maintenant séparés de corps, dans deux caveaux différents de l'Avenir fraternel. Suzanne était chez elle à l'Avenir, elle y connaissait tous les membres. Il advint que l'Avenir fraternel érigea un monument pour célébrer la mémoire des sociétaires morts en déportation ou de leur conjoint ou conjointe, père ou mère, et même, parfois, enfant. Chaque nom, de chaque disparu, fut ainsi gravé sur le monument. Hélas, Grumberg Zacharie fut doté d'un *n* erroné au lieu du *m* légitime. « Gru*n*berg ». Suzanne protesta et exigea que l'erreur fût corrigée. On lui rétorqua que la faute était bénigne et que, de toute façon, on ne pouvait pas regraver dans le marbre.

Elle abandonna alors l'Avenir fraternel et s'inscrivit dans une autre société où elle ne connaissait, hélas, personne. Si bien qu'elle repose dans un caveau plein d'étrangers qui ne lui sont rien. Et comme elle étrenna un nouveau caveau, son nom et sa petite photo furent placés tout en haut du fronton qui domine la tombe collective, elle, c'est ainsi que je me la représente, enfouie en conséquence tout au fond du trou, sous une vingtaine de lourds cercueils… Qu'est-ce que tu fous là, maman ? Pourquoi n'es-tu pas restée à l'Avenir fraternel ? À part ça, l'erreur d'orthographe administrative initiale, celle qui fit de Suzanne Katz « Suzanne *H*atz », fut corrigée. On grava tout là-haut : « Suzanne, veuve Grumberg, née Katz », à la demande expresse des autres Katz, ses frères et sœurs. Ainsi repose-t-elle, Katz parmi des inconnus, ubuesque victime de l'orthographe et de l'état civil. Serait-ce pour lui rester secrètement fidèle que Pleurnichard et moi-même fûmes et sommes si constamment mauvais en orthographe comme en grammaire ?

La chance dans le malheur

Après relecture des pages précédentes, Pleurnichard ne m'apparaît pas aussi désopilant qu'il devrait l'être, eu égard à la réputation comique de son auteur. Consultés, des amis proches me conseillent de truffer mon triste Pleurnichard d'histoires drôles de mon cru. Truffons donc. Précisons toutefois que les histoires drôles, même de mon cru, ne font pas forcément rire le monde, et que l'histoire du monde, pour drôle qu'elle soit, ne fait pas forcément rire Pleurnichard.

Passons aux histoires de mon cru. Il y a quelques années, dans un colloque à Montpellier, une auditrice m'apostropha ainsi : « Vous, vous avez de la chance, la mort en déportation de votre père vous fournit de quoi écrire. » Du tac au tac, je répondis que, vu son relatif jeune âge, elle se devait d'avoir confiance en l'avenir. Qui sait ? Demain, le soir même – avec un peu de chance, c'est tout le mal que je lui souhaitais en tout cas – la mort d'un être cher, l'annonce d'une maladie, voire d'une catastrophe familiale ou planétaire, la touchant dans sa chair, lui donnerait, à elle aussi, la chance d'avoir de quoi écrire.

Réflexion faite, j'aurais pu lui dire que la mort d'un père en déportation aide moyennement l'auteur, même juif, qui se veut comique. Mais ne soyons pas mesquin, n'insultons pas le destin, sachons reconnaître quand on a de la chance et quand on n'en a pas.

Cette apostrophe témoigne en tout cas d'un mal fort répandu au XXe siècle, et peut-être même au XXIe, l'envie du malheur d'autrui. Précisément, l'envie pour les non-juifs du malheur juif. « Moi aussi, bien que goy, j'aimerais bénéficier de la grande histoire pour nourrir ma micro-histoire personnelle et familiale ! » Ce désir conscient ou inconscient, exprimé ou refoulé, me semble même être une des bases de la haine antisémite, particulièrement chez les écrivains. En effet, il semble de plus en plus difficile de trouver aujourd'hui un sujet qui vaille, sans juifs et sans Shoah.

Ceci dit, même avant la Shoah, le malheur juif faisait déjà envie. Pensez… des siècles de pogroms, de persécutions diverses, d'expulsions, de spoliations, de chapeaux jaunes, de rouelles, d'accusations de crimes rituels – magnifique !

– avec mise au bûcher après application de la torture ordinaire et extraordinaire. Quelle chance pour les proches de tous ces misérables que la plume démangeait !

Et si on veut bien jeter un œil encore plus en arrière, sur la naissance même de l'humanité, Adam et Ève, n'est-ce pas une histoire juive typique ? Un malheur juif, le premier malheur ? Les voilà chassés du paradis, expulsés de l'Éden, condamnés à gagner leur pain à la sueur de leur front, pire, à connaître – horreur, horreur, horreur ! – qu'ils sont nus, avec les conséquences que ça comporte. Les feuilles de vigne n'y ont pas suffi. Et tout ça pour quoi ? Pour avoir croqué une pomme. À peine chassés du paradis, à peine installés, la chance continue : ils ont deux fils, deux fois bénis, « Je ne suis pas le gardien de mon frère »… Je sais, je sais, vous connaissez. Grâce à quoi, à qui ? Au Livre ! Au Livre ! Écrit à coup sûr par des juifs déjà chanceux. Après ça, souvenez-vous, l'Égypte, Moïse, les pharaons, les tables de la Loi, la construction du Temple, la destruction du Temple, Jérusalem, Rome, Massada, et les voilà condamnés à vivre en diaspora. Que de sujets, que de livres, la *galout*, vingt siècles avant que ne renaisse Israël, et là encore, à peine né, production de sujets à la pelle. Guerre, guerre, guerre ! Qu'on peut traduire par : livre, livre, livre !

Dans le feu de l'action, j'allais oublier Jésus ! Le roi des juifs, avec sa *yiddishe mame* vierge, son papa charpentier. Il y a des charpentiers juifs ? Oui, oui, en Israël ! Justement, plein ! N'oublions pas les chrétiens, cette secte juive qui, une fois mise à son compte, prospéra grâce à l'idée géniale de Saül, dit Paul : suppression de la circoncision afin de convertir les gentils mâles adultes, comme l'empereur de Rome, préférant de loin être oint par un verre d'eau versé sur la tête qu'affronter à l'âge adulte le bistouri sur la bistouquette. Après ça, pour prospérer, il leur a suffi de remplacer la Loi et le droit par la grâce et la foi en la résurrection, tout en s'acharnant sur la maison mère, les juifs têtus refusant de reconnaître la venue du Messie et s'obstinant à l'attendre encore. Soyons juste, sans vouloir minimiser la Shoah, les siècles précédents avaient déjà fourni pas mal de sujets aux juifs chanceux.

Autre source de malheur, et de conflits, donc de littérature, cette affaire familiale doublée d'un inextricable problème de droits d'auteur et de propriété littéraire. Rappel succinct des faits et causes : Abraham, ancêtre commun, dit-on, des juifs et des Arabes, à plus de cent ans n'a toujours pas de fils, Sarah, son épouse, également centenaire, ne lui en ayant pas donné jusque-là. Désespéré, Abraham engrosse alors une servante, Agar, qui lui donne un fils nommé

Ismaël. Jéhovah, qui voit tout – c'était plus facile pour lui à l'époque –, malicieux comme il sait l'être, pour simplifier la situation, offre à Sarah, l'épouse légitime, toujours centenaire, la possibilité de donner naissance à un fils. Ce sera Isaac. Abraham, surpris et dépassé par les événements, pour ne pas froisser son épouse légitime, chasse la servante et son rejeton dans le désert avec l'espoir secret qu'ils s'y perdront. Ismaël survivra et donnera naissance à l'islam, tandis qu'Isaac perpétuera la lignée des israélites.

Maintenant je vous le demande, comment voulez-vous qu'après un tel départ dans l'existence – on se croirait dans un drame paysan du XIXe siècle, non ? –, comment voulez-vous que ça s'arrange entre les Juifs et les Arabes sans passer par une très longue et très coûteuse psychothérapie ? Encore faudrait-il qu'ils s'entendent sur l'identité de celui qui doit s'aliter et parler sur le divan.

Venons-en au problème, tout aussi épineux, des droits d'auteur et de copyright. Jéhovah, toujours lui, donne dans un premier temps la Torah aux vrais croyants avec l'ordre d'adorer et de respecter le Livre comme lui-même sans cesser de l'étudier, voire de le commenter à l'infini. Ensuite, sous un pseudo, ce même Jéhovah pond un nouvel ouvrage en collaboration avec son fils et une poignée d'amis de ce dernier, un ouvrage intitulé le Nouveau Testament, tout en renouvelant l'ordre donné aux vrais croyants de l'adorer et de le respecter comme lui-même, sans toutefois exiger l'étude et les commentaires incessants, la foi suffisant. Ensuite, le même Jéhovah, mécontent sans doute de ses deux premiers essais, emprunte un nouveau pseudo et dicte, dit-on, directement à Mahomet, qu'il nomme son prophète, une nouvelle version du même ouvrage intitulée Coran, avec l'ordre express, toujours adressé aux vrais croyants, de l'adorer et le respecter, et cette fois de l'apprendre par cœur et de le réciter sans cesse sans aller jusqu'à l'obligation de le commenter. Nous voici donc face non pas à deux peuples pour une seule terre comme le croit le vulgaire, mais à une même œuvre déposée trois fois par le même auteur avec trois copyrights différents. Comment s'en tirer ? Généralement ce genre d'affaire, qui n'est pas si rare, se règle après bien des vicissitudes à l'aide de juristes spécialisés, et de préférence à l'amiable, par un partage des droits entre les ayants droit ou les représentants de ces ayants droit. Encore faudrait-il que ces derniers soient prêts à reconnaître le bon droit des deux autres parties. Heureusement ce n'est pas dans les attributions de Pleurnichard de régler ce type de conflits. Revenons au colloque.

En ce qui concerne la jeune femme de Montpellier, je ne vois pour elle qu'une issue. Sans attendre que le malheur la frappe, faire du malheur de ne pas être fille de déporté une œuvre. À moins qu'elle ne trouve dans son arbre généalogique une autre pépite : descendre de Simon de Montfort, ou des cathares, ou, plus prosaïquement, posséder un aïeul proche ou lointain ex-collabo fusillé à la Libération lors de cette calamité trop peu promotionnée, l'Épuration (s'arracher les cheveux en en parlant). À moins encore qu'elle n'ait le talent de se replier sur ce malheur, lié à son âge, celui de ne pas avoir eu la chance ni la curiosité de vivre la Seconde Guerre mondiale, et si vraiment rien de tout cela ne la tente, qu'elle se rabatte sur le malheur d'être née femme, femme et j'imagine goy, décidément personne n'est parfait.

Poursuivons dans les débats. À Louvain-la-Neuve, en Belgique, « une fois », une autre jeune femme m'apostropha ainsi :

– Et la vengeance ?

– Pardon ?

– La vengeance ? Dans vos pièces, vous ne parlez jamais de vengeance.

Là, petite précision, je me trouvais au fin fond d'une dépression très, très creuse, en plein cirage pour tout dire. Je perçus donc très mal son message.

– Se venger ? De quoi, mademoiselle ?

C'est la pauvre réplique qui me vint en bouche. La jeune femme m'assena alors :

– On tue votre père et vous ne cherchez pas à le venger ?

Du fond de mon coma je réagis en ricanant :

– Se venger de qui ? De quoi ? De l'armée allemande ? Des flics français ? D'Hitler ? De Pétain ? Du monde entier ?

Les spectateurs ricanèrent en écho et la jeune femme quitta la salle à la fin du débat sans autre commentaire.

Cependant, sans que j'y prenne garde, au fil des jours, des semaines, des années – en dépression le temps ne compte plus, c'est ça qu'est chouette –, sa vengeance revint titiller ce qui me restait d'esprit. On tue ton père et tu ne te venges pas… C'est pourtant vrai. Aucun d'entre nous parmi les enfants de déportés ne s'est pointé après-guerre dans une rue passante d'une ville allemande mitraillette au poing, histoire d'y faire un carton. Aucun d'entre nous n'a plastiqué le Reichstag ou le métro berlinois aux heures de pointe, ou tout autre édifice stratégique et teutonesque. Il est vrai qu'à notre décharge les villes allemandes étaient toutes rasibus à la fin de la guerre.

Comment se venger ? De qui ? Pleurnichard avait trouvé inconsciemment son moyen : insulter les flics, les douaniers, les préposés à l'état civil ou tout autre fonctionnaire rond de cuir et manches de lustrine, les instituteurs, les contrôleurs SNCF et RATP, tous ceux qui incarnaient plus ou moins à ses yeux le pouvoir, l'autorité. Voilà. En supplément de programme et à toute heure, hurler plus que de raison, spécialement sur ses proches, insulter ses amis, se battre avec son frère. Oui, la vengeance prit cette forme, et Pleurnichard devint tour à tour et en même temps gueulard, grossier, menteur, rétif à toute discipline, à tout effort. Drôle de manière de se venger, dites-vous ? Sans doute. Refuser la société et même au sein des organisations dont le but avoué semblait être la destruction de cette société, ou du moins sa transformation, se faire un devoir d'y râler, d'y ricaner, d'y douter, d'ironiser. On tue ton père et tu ne te venges pas. *Hamlet*. La pièce était faite. Faire ou défaire, voilà la question. Je me mis quand même au travail, et fourrai ce désir de vengeance, enfoui profond jusque-là chez Pleurnichard et que cette jeune femme belge avait libéré, dans plusieurs de mes pièces.

On tue ton père et tu ne te venges pas ? Pourtant un beau jour, plutôt moche d'ailleurs, l'occasion de vérifier cette possibilité de vengeance nous avait été offerte en vrai. Voilà l'histoire. Mon beau-père, le père de mon épouse, avait lié amitié, pendant ou juste après la guerre, avec des flics, progressistes disons, résistants en tout cas, communistes peut-être. L'un d'entre eux, pour fêter son départ à la retraite, offrit en cadeau à mon beau-père un dossier. Dossier de police donc, daté pour une part de novembre 1941, puis d'avril 1942. Le dossier concernait l'arrestation de la sœur préférée de la maman de mon épouse et évoquait également l'arrestation de son mari et celle d'un de ses fils. Mais mieux vaut sans doute, pour éclairer vos lanternes, citer les pièces du dossier :

RG 3 – n° 7.071
Direction des Renseignements généraux et des Jeux
1er Bureau
Service des étrangers
AS de la nommée FELD,
née Berger, et de son fils Maurice,
signalés comme militants communistes

[Inscription manuscrite en travers de la lettre et en haut de la feuille :]
Transmettre au service Elgt,
cette étrangère ayant été mise à la disposition
de ce service le 12 novembre 41

14 novembre 1941

La nommée FELD, née Berger Ita, Cyra, le 26 novembre 1896 à Varsovie, de Jankiel et de Pianko Pessa, Tauba, d'origine polonaise, déchue de la nationalité française, qu'elle avait acquise par naturalisation (décret 23684 *x* 32 en date du 4 décembre 1933), est mariée à Feld David, né le 25 juillet 1897 à Varsovie. Elle est de race juive et de confession israélite.

Elle a trois enfants nés à Varsovie : Salomon, en 1919, Héna, en 1923 et Maurice, en 1924.

Arrivée en France, le 11 novembre 1925, nantie d'un passeport polonais n° 046.299/17418/23530/25, délivré à Varsovie le 9 novembre 1925 et visé par notre consul en cette ville, le même jour, elle est actuellement titulaire d'une autorisation de séjour délivrée par la Préfecture de Police et valable jusqu'au 12 novembre courant, pour examen de sa situation.

Son fils Maurice est en possession d'une pièce semblable. Quant à son fils aîné, il est actuellement mobilisé au 8e bataillon de chasseurs à pied, en garnison à Marthon (Charente).

Les membres de la famille Feld se sont conformés à la loi du 2 juin 1941 et aux ordonnances en vigueur concernant les biens et les personnes juifs.

Depuis le 22 juin 1932, la nommée Feld est domiciliée 83, rue du Faubourg-Saint-Denis, au loyer annuel de 4400 francs. Précédemment, elle demeurait 5, rue du Clos, venant du 31, rue Petit.

Elle exerce habituellement la profession de tricoteuse à façon, mais, en raison de la pénurie des matières premières, elle ne travaille plus.

Sur les indications du nommé Saint-Come, Jean, âgé de 17 ans, demeurant 63, rue du Château-d'Eau, et camarade du jeune Feld Maurice, une perquisition a été effectuée le 24 octobre 1940 au domicile des époux Feld. Elle a amené la découverte de 30 exemplaires du journal clandestin *L'Humanité* portant la date du 30 septembre 1940 ; d'autre part, Feld père a été trouvé porteur d'une pièce de monnaie (2 francs) sur laquelle figurait, faite au poinçon, l'inscription suivante : « Vive Duclos PC ».

Le jeune Feld Maurice était soupçonné de se livrer au collage de papillons subversifs sur la voie publique.

À la suite de ces faits, le nommé Feld père a été écroué à la prison de la Santé, le 26 octobre 1940. Condamné à 6 mois de prison par la 15e chambre correctionnelle, le 8 février 1941, pour infraction au décret du 26 septembre 1939, il a été transféré le 7 mai suivant au camp de Châteaubriant (Loire-Inférieure) où il se trouve encore.

Pour le même motif, la femme a été condamnée, le même jour que son mari, à 4 mois de prison ; le fils a été acquitté.

Depuis, les membres de la famille Feld n'ont plus attiré l'attention de nos services.

Ils sont inconnus aux Archives de la Police judiciaire.

Seuls, le père et la mère sont notés comme suit aux Sommiers judiciaires :

– Feld David : 6 mois (15e), 8 février 1941, infraction au décret du 26 septembre 1939.

– Berger Ita : 4 mois (15e), 8 février 1941, infraction au décret du 26 septembre 1939.

CC 565890

Avril 1942

Une lettre anonyme ayant signalé la situation pénible de la famille Feld, 83, rue du Faubourg-Saint-Denis, à la suite de l'internement de Mme Feld Ita, et celle-ci ayant sollicité par lettre sa libération du centre surveillé des Tourelles, il a été procédé à une enquête qui a permis d'apprendre ce qui suit :

La nommée FELD, née Berger Ita, Cyra, le 26 novembre 1896 à Varsovie (Pologne), de Jankiel et de Pianca Passa, Tauba, apatride d'origine polonaise, de race et de confession juives, internée administrativement au centre des Tourelles, est actuellement en traitement à l'hôpital Tenon pour hernie et maladie gastro-intestinale nécessitant un régime, ainsi qu'en font foi trois certificats médicaux.

En 1919, dans sa ville natale, elle a épousé son compatriote et coreligionnaire : Feld David, né le 23 juillet 1897 à Varsovie, de Jankiel et de Kajna Cyra, qui est interné au camp de Châteaubriant (Loire-Inférieure), où il a été transféré le 7 mai 1941.

Elle a trois enfants nés à Varsovie et de nationalité indéterminée : Salomon, né le 23 mai 1919, actuellement mobilisé au 8e BCP à Magnac-Laval, lequel serait titulaire de la croix de guerre 1939-1940 et d'une citation élogieuse ; Héna, né le 16 janvier 1923 ; et Maurice, né le 27 septembre 1924, qui se trouverait en zone non occupée.

La famille Feld est arrivée en France le 11 novembre 1925. Elle avait obtenu la nationalité française par décret n° 23683 *x* 32 en date du 4 décembre 1933. Cette qualité lui a été retirée par décret en date du 21 juin 1941 à la suite d'une condamnation des parents pour distribution de tracts et de journaux communistes. Une demande de révision formulée par les intéressés a été rejetée le 29 septembre 1941 par M. le Garde des Sceaux. En dernier lieu, Ita Feld était titulaire d'une autorisation de séjour valable jusqu'au 12 novembre 1941, date à laquelle elle a été envoyée au camp des Tourelles comme propagandiste en faveur de la IIIe Internationale, suspecte au point de vue politique et dangereuse pour l'ordre intérieur.

Elle s'est conformée à la loi du 2 juin 1941 portant statut des juifs.

Depuis le 22 juin 1932, les époux Feld sont locataires, 83, rue du Faubourg-Saint-Denis (10e), d'un appartement d'un loyer annuel de 4400 francs, impayé depuis août 1940. Antérieurement, ils demeuraient 5, rue du Clos à Paris.

Tricoteurs à façon, ils exerçaient leur profession à leur domicile. Ils étaient inscrits au registre du commerce de la Seine sous le n° 434.614.

Militants communistes, les époux Feld recevaient à des heures tardives à leur domicile de nombreux visiteurs considérés comme suspects. En 1936, leur fils Salomon quêtait en faveur de l'Espagne républicaine. À ce sujet, on dit même qu'il était parfois grossier et cherchait querelle aux personnes qu'il sollicitait mais qui restaient indifférentes. Il passait aussi pour se livrer au collage de papillons subversifs sur la voie publique avec l'aide de son plus jeune frère Maurice.

Sur dénonciation du nommé Saint-Come Jean, domicilié 63, rue du Château-d'Eau (10e) (qui fait l'objet d'une notice séparée), une perquisition a été effectuée le 24 octobre 1940 au domicile de la famille Feld. Cette opération a permis de découvrir une photo représentant des soldats de l'Armée rouge, un livre intitulé *L'Armée rouge est prête* et, dissimulés sous le coussin d'un fauteuil de salle à manger, 30 exemplaires du journal clandestin *L'Humanité* datés du 30 septembre 1940.

Enfin Feld David a été trouvé porteur d'une pièce de monnaie de 2 francs sur laquelle figurait l'inscription au pinçon «Vive Duclos PC».

Les époux Feld et leur fils Maurice ont été arrêtés à la suite de cette opération.

Entendue, la nommée Feld Ita n'a pu expliquer la présence chez elle des documents ci-dessus indiqués et elle a protesté contre l'accusation portée à l'égard de sa famille. Elle a prétendu, par ailleurs, avoir reçu quelques heures avant l'opération de police effectuée chez elle, le 24 octobre 1940, la visite d'un jeune homme, dont elle ne peut fournir aucun signalement, qui a déclaré être le camarade de son fils Maurice et désirer voir ce dernier, mais celui-ci était absent. La nommé *[sic]* Feld a laissé entendre que les documents politiques découverts chez elle pouvaient avoir été déposés par ce visiteur qu'elle a supposé être son dénonciateur sans toutefois l'accuser formellement. Selon elle, Saint-Come se serait ainsi vengé à la suite d'une dispute avec le jeune Feld.

Saint-Come, interrogé, a déclaré :

« Je n'ai jamais fréquenté particulièrement Feld avec lequel j'ai été à l'école. Je ne me suis jamais rendu chez lui.

« Au cours de l'automne 1940, j'ai eu une altercation avec lui en raison de son activité politique que je connaissais pour l'avoir surpris un soir collant des papillons communistes. Je le suspectais d'être l'auteur des inscriptions subversives faites au minium sur les murs de l'église Saint-Vincent-de-Paul. Enfin, un de mes amis, qui partage mes opinions anticommunistes, m'avait indiqué que Feld devait imprimer chez lui des tracts communistes et être un distributeur actif.

« Or, un soir que je me promenais dans le quartier, j'en ai trouvé dans les anciennes galeries Saint-Denis. C'est à la suite de cette découverte que j'ai dénoncé la famille Feld à la police. Cet acte m'a d'ailleurs valu une lettre anonyme de menace de mort que j'ai détruite. »

En définitive, l'enquête n'a pas permis de

déterminer la provenance des tracts découverts chez les époux Feld. Cependant, il y a lieu de remarquer que le nommé Wajnstraub Charles, né le 12 juin 1923 à Paris (12e), domicilié 83, rue du Faubourg-Saint-Denis (10e), impliqué dans la même affaire, a indiqué au cours de son interrogatoire que les tracts qu'il distribuait lui étaient fournis par Maurice Feld et que l'activité politique de la famille Feld est notoirement connue.

En conséquence, la libération de la nommée Feld semble inopportune pour le moment.

Au privé, les époux Feld font l'objet de mauvais renseignements. Dans leur entourage, on a remarqué que leurs enfants n'étaient soumis à aucune surveillance.

Ils ont un dossier aux Archives de la Police judiciaire à la suite de leur arrestation.

Feld David est noté comme suit aux Sommiers judiciaires: 6 mois Paris (C) 27.5.1941, propagande communiste.

Sa femme, sous l'état civil Berger Ida, née le 9 novembre 1896 à Varsovie, est connue comme suit: 4 mois Paris (C) 27.5.1941, propagande communiste.

Quant au dénonciateur de la famille Feld, il s'agit du nommé:

Saint-Come, Jean, Claude, né le 28 novembre 1922 à Paris (10e), de feus Jean et Barbe, Marie-Louise, de nationalité française, de confession catholique, célibataire.

Depuis plusieurs années il est domicilié 63, rue du Château-d'Eau à Paris (10e) où il occupe, seul, un logement d'un loyer annuel de 1 500 francs, régulièrement acquitté.

Après avoir obtenu le certificat d'études commerciales

de la Ville de Paris, Saint-Come est entré à l'administration des PTT où il est employé depuis le 11 octobre 1939 comme « manipulant auxiliaire » et affecté aux « ambulants de la ligne Mai », 165, rue Lafayette, aux appointements mensuels de 1 200 francs.

Il est très bien noté pour ses aptitudes professionnelles générales.

Membre et propagandiste du « Jeune Front » fondé en août 1940 par le PFNC (Parti français national collectiviste) à tendances anticommunistes et antijuives, dirigé par Pierre Clémenti, Saint-Come déclare avoir quitté cette organisation qui ne répondait plus à ses aspirations en février 1941 à la suite de réprimandes de sa famille et ne plus appartenir à aucun parti depuis cette époque.

Il est cependant suspecté d'être l'auteur des inscriptions « MSR » (Mouvement social révolutionnaire) faites au crayon sur les murs de l'immeuble qu'il habite. Il recevait encore tout récemment des journaux antisémites, tels que *Le Franciste*, etc.

Au privé, Saint-Come est défavorablement représenté. Il passe pour avoir une basse moralité et mentir avec un cynisme déconcertant, ce qui a d'ailleurs été constaté au cours de l'enquête effectuée au sujet de l'affaire Feld.

Dans son entourage, on prétend que peu de temps après le décès de sa mère, qui n'aurait d'ailleurs rien changé à son attitude et à sa tenue, il aurait reçu de nombreux jeunes gens à son domicile. Ces réunions, qui donnaient lieu à des réjouissances bruyantes, auraient motivé l'intervention de ses voisins. Il passe aussi pour recevoir des femmes, notamment des filles soumises.

Enfin, suspecté d'être l'auteur d'inscriptions amorales

faites dans les WC donnant sur son palier, il aurait été admonesté par le concierge de l'immeuble.

Depuis cette réprimande, aucune inscription n'aurait été faite.

Inconnu aux Archives de la Police judiciaire, son nom n'est pas noté aux Sommiers judiciaires.

Voilà. Nous avions donc, en famille, à notre disposition, le nom et l'adresse du dénonciateur de la famille Feld. Les parents Feld n'étant pas revenus de déportation, le fils cadet, Maurice, arrêté au cours d'un attentat, fusillé en 1942 à l'âge de dix-sept ans, sa sœur Thérèse, ayant perdu un enfant et un œil à la prison du Cherche-Midi en 1942, ne nous paraissant pas à même en ces années soixante-dix, puisque femme en plus, d'assouvir une vengeance digne du crime commis, mon beau-père remit donc le dossier à son neveu, le fils aîné de la famille Feld, qui après lecture le remercia, lui rendant le dossier avec pour tout commentaire qu'il ne voyait pas ce qu'il pouvait en faire. Absence manifeste, pathologique même, de désir de vengeance. Cela nous scandalisa. Ma femme, son frère, sa sœur et moi prîmes donc la vengeance à notre compte.

Premier point : vérifier le nom et l'adresse du délateur. Il nous semblait qu'après plus de trente ans l'infâme corbeau avait pu changer de plumage et même de nid. Eh bien, pas du tout. Après des vérifications dans l'annuaire, il était toujours là, au 63 rue du Château-d'Eau, et après vérification à la poste, toujours postier et sans doute toujours aussi bien noté. La vengeance était à notre portée, nous habitions tous à deux pas. La vengeance, dit-on, est un plat qui se mange froid. Encore faut-il avoir de l'appétit. Nous n'en manquions pas, mais pour manger froid, il faut également jouir d'un solide estomac. Chacun d'entre nous, mon épouse, ses frère et sœur, ainsi que leurs conjoints, moi-même bien sûr, élaborait des scénarios de vengeance, tous plus terribles les uns que les autres. On abandonna les plus sanglants et on sélectionna deux possibilités : l'une, l'appeler au téléphone, au beau milieu de la nuit, pour lui parler de la famille Feld et lui pourrir la vie ; l'autre, le suivre en voiture, et... et quoi ? En fin de compte c'est moi qui dénouai la situation. En relisant la partie du dossier concernant le délateur, en ressentant tout le mépris dans lequel les flics eux-mêmes le tenaient – curieux comme ce mépris des informateurs, poncif des polars, semble se vérifier ici, dans la vraie vie –, je me dis que notre vengeance était là. Qu'un tel être ne mérite ni qu'on le poursuive, ni qu'on se prive de sommeil pour le persécuter. Ce serait donner à sa sinistre existence une importance imméritée. Moralité : on ne se venge pas. On rêve de se venger, mais on ne se venge pas.

Il me vient une citation, j'en ignore l'auteur : « Nulle instance au ciel n'est chargée de réparer les offenses. » Un dicton populaire yiddish me servira de conclusion : « Quand un juif se prend une claque, non seulement il se prend une claque, mais en plus il se fait un ennemi. » Nous avons déjà tellement d'ennemis. Pardon ? Ce chapitre ne vous paraît pas plus rigolo que les précédents ? Tant pis, merci, pardon, comme disait Suzanne à propos de tout, et surtout à propos de « ça ».

Comment Pleurnichard rencontra le théâtre

Le théâtre, pour lui, était radiophonique. Une fois par semaine, il tentait d'écouter jusqu'au bout une pièce présentée par la compagnie Juin 44, animée par André Delferrière et Anita Soler-Delferrière. C'était en général des tragédies modernes exaltant la Résistance. Jean allait-il parler sous la torture ? Et si oui, Pierre, sur ordre de Paul, devait-il exécuter Jean, son camarade, son ami, son frère ? Pleurnichard écoutait avec passion, mais le sommeil le gagnant, sa mère, à chaque fois, lui proposait d'écouter la fin de son lit. Vaincu par la fatigue, il acceptait, et, invariablement, il s'endormait. Il connaissait donc des tas de débuts de situations tragiques sans jamais atteindre les dénouements. Le lendemain, il demandait à sa mère comment ça finissait. Elle lui répondait que, le voyant endormi, elle avait fermé la radio pour ne pas risquer de le réveiller dans son premier sommeil. Trahison, trahison partout, et tragédie toujours.

Durant cette dernière année scolaire, à quatorze ans donc, parce qu'il était devenu bon en rédaction – un prof avait réussi à décrypter ses pattes de mouche –, il bénéficia d'une sortie scolaire au Châtelet, *L'Auberge du Cheval-Blanc* ou *Violettes impériales.* Quoi qu'il en soit, le théâtre devint pour lui décors, ténor, musique. Ça le titilla pas plus que ça.

La même année, en vacances en Allemagne de l'Est, à Berlin précisément, il eut l'occasion d'aller au Théâtre national pour la jeunesse voir *Huckleberry Finn* d'après Mark Twain, spectacle édifiant, somptueusement monté, destiné à montrer aux jeunes Berlinois de l'Est combien les Américains étaient méchants avec les enfants – les enfants noirs tout particulièrement –, ce qui d'ailleurs n'était pas faux. Pleurnichard se faisait une joie d'aller voir *Huckleberry Finn*. Hélas, trois fois hélas, la veille Pleurnichard cassa ses lunettes. Après bien des larmes, il obtint la faveur d'être placé au premier rang de face équipé de jumelles de marine. J'imagine la tête des acteurs entrant en scène et découvrant au premier rang un nain équipé d'une paire de jumelles de marine braquée sur eux. *Huckleberry Finn* ne fut pas non plus très exaltant pour Pleurnichard.

Le théâtre, le vrai, l'attendait cet après-midi-là foire Saint-Laurent, face à la gare de l'Est.

Une sorte de scène, dans une baraque posée à même le trottoir et représentant une salle de la Conciergerie, dressée là, devant un petit groupe de chalands, debout, en désordre, face à cette scène de fortune.

Un sans-culotte y harcelait un homme emperruqué bizarrement dont la mâchoire fracassée par un coup de crosse pendait. Les autres sans-culottes présents ricanaient. Pleurnichard lui n'avait d'yeux que pour l'emperruqué qui se trouva jeté sur un siège juste devant lui. Il pouvait presque toucher le velours râpé du costume de location. L'odeur de la poudre qui blanchissait la perruque et son visage relevé au rouge lui chatouillait les narines. Les yeux de l'homme à la mâchoire fracassée fixaient Pleurnichard, ternes et vides, sans le voir. L'emperruqué semblait tout à sa douleur. Pleurnichard au-dedans de lui pouvait éprouver cette douleur, cette frustration, cette fierté rabaissée.

L'emperruqué se nommait Robespierre. Les sans-culottes se gaussaient toujours de lui : « Tu ne peux plus chanter, beau merle ! On t'a coupé le sifflet ! » Sa mâchoire pendait et une sorte de bave blanchâtre s'écoulait sur son menton rasé. Pleurnichard d'un geste aurait pu le soulager, lui redresser le menton, essuyer la bave d'un coup de mouchoir, mais il ne bougeait pas. C'était comme à la radio, comme avec Juin 44, mais les acteurs présents en chair et en os, engoncés dans leurs costumes d'un autre temps, paraissaient si grands, si forts, si oppressants, pesant si fort sur sa poitrine qu'il aurait pu soudain crier : « Laissez-le ! Laissez cet homme ! Il souffre ! » On parlait déjà de le guillotiner sans autre forme de procès. « Intolérable ! Intolérable ! Arrêtez ça tout de suite ! »

Robespierre, lui, supportait tout en silence. Mieux, face à l'émotion manifestée par Pleurnichard, il lui lança un regard d'encouragement, en biais. Cela fit encore plus mal à Pleurnichard. Puis l'un des sans-culottes, celui avec un drôle de bonnet rouge sur la tête, et qui traînait une pétoire, se saisit du col de l'homme à la mâchoire brisée et l'entraîna sans aucun ménagement vers son destin. La scène se vida d'un coup. Le silence se fit. Les badauds aussitôt se dispersèrent.

Mais, bien vite, les sans-culottes revinrent en courant avec, au centre, une jeune femme alerte vêtue comme une « incôyable », et que Pleurnichard n'avait pas encore vue. Elle tenait la main d'un Robespierre miraculeusement guéri, souriant et plaisantant avec ses bourreaux. Il baisa même légèrement la main de la jeune femme. Voilà, c'est ainsi que Pleurnichard rencontra le théâtre quelque part au coin d'une rue.

Ensuite, apprenti tailleur, il demanda non pas à faire du théâtre, mais à rencontrer des jeunes de son âge. À l'atelier ils étaient tous adultes à part lui, l'apprenti. On lui conseilla le football. Il n'y brilla guère. Il adhéra alors à l'UJRF, l'Union des jeunesses républicaines de France, faux nez commode des Jeunesses communistes. Là, on lui fit deux propositions : ou vendre *L'Avant-Garde*, coller des affiches, distribuer des tracts, au risque de prendre des coups de matraque que les fascistes distribuaient gratos et abondamment, ou, autre possibilité, faire du théâtre. Pleurnichard, sans hésiter, choisit le théâtre, pour préserver ses lunettes dit-il, ses lunettes de vue que sa grande myopie lui rendait à la fois très chères et tout à fait indispensables.

Ce n'était pas un répertoire très militant qu'on pratiquait rue Jean-Pierre-Timbaud dans les sous-sols de la Maison des métallos. Deux fois par semaine, le groupe théâtre du cercle culturel Charles Wolmark – le nom d'un jeune résistant juif du PC fusillé par les Allemands – répétait *L'Anglais tel qu'on le parle* de Tristan Bernard. Pleurnichard à l'époque ignorait que Tristan Bernard, Max Jacob, Benjamin Fondane, comme Zacharie Grumberg, son père, avaient séjourné à Drancy, d'où Sacha Guitry avait réussi à sortir Bernard Tristan. On répétait donc son *Anglais tel qu'on le parle*, et très vite le rôle principal échut à Pleurnichard.

Tout aurait pu s'arrêter là, Pleurnichard n'avait encore jamais vu une vraie pièce de théâtre dans un vrai théâtre. C'est là que la chance, le destin, ou disons un de ces coups de dés heureux du hasard plaça sur la route de Pleurnichard deux jeunes acteurs amateurs qui aspiraient à faire du théâtre populaire et qui venaient de former une troupe intitulée la Jeune Scène. Ils démarchaient d'autres petites compagnies, ne négligeant même pas les minuscules comme celle du cercle Charles Wolmark, cherchant un enfant pour jouer Colin dans *George Dandin* de Molière.

J'avais quinze ans, je ne connaissais ni Molière, ni Dandin, ni Colin, mais j'avais l'air d'un enfant, et j'étais déjà la vedette de la troupe dont les autres membres avaient, eux, dix-sept, dix-huit, voire dix-neuf ans. Les dirigeants de la Jeune Scène me demandèrent si je voulais me joindre à eux. Je leur fis remarquer qu'il fallait, vu mon âge, demander l'autorisation à ma mère. Ils promirent de le faire. Je prévins ma mère – pardon, Pleurnichard m'encombre et à l'époque je ne pleurais déjà plus beaucoup, à la trappe ! –, je prévins ma mère qu'on allait lui demander la permission de me laisser faire du théâtre et qu'elle devait dire oui.

Ne sachant pas à quoi elle s'engageait, et préférant cela au football, elle leur dit oui, et ainsi je devins membre de la Jeune Scène dans les règles.

Les années qui suivirent je fus à la fois apprenti tailleur et apprenti comédien. On jouait *George Dandin* les samedis et les dimanches en Normandie. Le samedi soir dans un village, la nuit du samedi au dimanche nous dormions chez l'habitant, le dimanche après-midi nous jouions toujours *George Dandin* dans un autre village, et le soir dans un autre encore. Il convient peut-être de préciser comment et où nous jouions. D'abord le décor : une porte symbolisée par un montant en bois blanc démontable stabilisée par un semblant de barrière se voulant champêtre. On installait cela n'importe où, dans des salles de classe, des préaux, des salles des fêtes de mairies de villages, et même dans des granges. Dans l'une de ces granges, les indigènes du lieu étaient debout, face aux acteurs qui s'évertuaient. Lorsque George Dandin sort de chez lui, laissant sa porte ouverte pour vérifier si Angélique a oui ou non mis fin à ses jours comme elle menaçait de le faire, et qu'à peine dehors Angélique et sa servante rentrent en trombe dans la maison en fermant la porte imaginaire sur Dandin qui se trouve ainsi enfermé dehors, l'un des spectateurs, indigné par la crédulité de Dandin, lui lança à la gueule son porte-monnaie et cette invective : « Tiens donc, t'es trop con ! »

On jouait donc trois fois, le samedi et le dimanche, et dans la nuit du dimanche au lundi on rentrait sur Paris. Je devais, moi, être le lundi matin à l'atelier, dès huit heures tapantes. En hiver j'assumais la charge essentielle d'allumer le Godin. Et quand j'arrivais à plus d'heure, les ouvrières gelées accueillaient l'artiste avec des réflexions acerbes et des noms d'oiseaux. Quant au patron… je fis ainsi dix-huit places en quatre ans sans apprendre le métier de tailleur. Par contre, après les même quatre ans passés à la Jeune Scène, grâce à l'esprit fraternel qui y régnait, tout ce que les autres savaient, je le savais : comment lire et dire les *Fables* de La Fontaine ou les poèmes de Rimbaud, « On n'est pas sérieux quand on a dix-sept ans »… J'avais à peine dix-sept ans et j'étais très sérieux… Si sérieux que la première fois qu'on me demanda d'enchaîner une répétition de fin d'après-midi avec une répétition du soir, n'osant dire non, je me retrouvai dans un café, sandwich en main, sans avoir pu avertir ma mère. Nous n'avions pas le téléphone. Je la voyais déjà, tournant en rond dans la cuisine, le frichti refroidi sur la table, folle d'inquiétude, s'arrachant les cheveux à la pensée de ma disparition dans tous les sens du terme. Je tentais, tout en mâchant laborieusement mon jambon-beurre, de chasser son image quand l'un des comédiens me demanda : « Qu'est-ce qui t'arrive ? » J'étais tout rouge et saisi d'une démangeaison gigantesque. « Urticaire », diagnostiqua la jeune première. On me proposa aussitôt de rentrer. Ouf, sauvé.

Je fonçai ventre à terre chez maman qui me reprocha mon retard. C'est à cette occasion que j'entamai mon insidieuse campagne pour obtenir, à terme, le téléphone.

– Pour quoi faire ? Qui t'appellera ? Tu connais personne et personne te connaît.

Ma mère avait certains soirs du répondant et même de la logique à revendre.

– Maman, on ne peut pas faire du théâtre sans téléphone.

– On peut travailler dans la confection sans téléphone, je le fais bien, moi…

Bien sûr, durant ces quatre ans, vous l'avez compris, on ne joua pas que *George Dandin*. La Jeune Scène avait d'autres spectacles à son répertoire. Et comme c'était la grande époque des récitals poétiques, outre La Fontaine et Rimbaud, je baignais dans Verlaine, Nerval, Desnos, Eluard. On ne parlait pas encore de Brecht, mais déjà la Jeune Scène se voulait sociale et politique. Ce fut pourtant sur un projet de théâtre « poétique » que la troupe sombra. Le désir de jouer un texte contemporain, la minceur de la pièce et la vaine prétention de l'auteur furent les écueils fatals sur lesquels échoua corps et biens la Jeune Scène.

Avant d'envisager sa disparition et ses conséquences, revenons une dernière fois à *George Dandin*. L'un des fondateurs, les deux du noyau initial se nommaient Claude et Gérard – Claude jouait Dandin, Gérard Clitandre –, Gérard, avait perdu un bras, il jouait équipé d'une prothèse gantée. J'avais reçu comme mission de me saisir au salut de cette main gantée et de la soulever tout en m'inclinant bien bas avec les autres. Cela aussi, je dus l'apprendre sur le tas. Gérard m'y aida avec simplicité et humour. Quoi qu'il en soit, l'un des deux, Gérard ou Claude, obtint de Daniel Sorano lui-même la promesse d'une visite. Nous devions donc, un certain soir, à une certaine heure, filer notre *George Dandin* devant monsieur Sorano.

Nous répétions dans une vaste salle attribuée par la municipalité aux anciens combattants du XIXe, avenue Secrétan. La salle, l'immeuble et les anciens combattants ont aujourd'hui disparu. Désormais les anciens combattants, ce sont les rescapés de la Jeune Scène… Bon, il se trouva que cet hiver fut le plus froid de la décennie, et le soir où Sorano devait nous faire l'honneur et l'amitié de venir, l'avenue Secrétan était sous la neige. Des congères bloquaient la porte de la baraque. Il faisait moins dix-sept. La salle en bois était chauffée par un poêle central.

Je nous vois encore tous, en costume de scène

afin de pouvoir démarrer dès l'arrivée de Sorano pour lui faire perdre le moins de temps possible, serrés, transis, contre le poêle, envoyant Jean Lescot à la porte faire le guet – il n'était pas distribué dans *George Dandin*. Nous étions tous fin prêts et nous attendions. Nos genoux et nos dents claquaient, mais nous débordions d'enthousiasme et de ferveur, prêts à tout donner pour *Dandin*, Molière et Sorano. Au bout d'une ou deux heures, le doute s'installa et il fallut bientôt l'admettre : Sorano ne viendrait pas. La neige, le froid, le verglas, sa santé – au TNP un bruit courait : Sorano jouait toujours avec une fièvre de cheval –, personne ne lui en a voulu, on l'aimait et on l'admirait tant… C'était un acteur pour nous, simple, populaire, c'était notre idole à nous.

Enfin on se rhabilla et on partit dans la nuit, en faisant bien attention de ne pas se casser la margoulette en prime sur la patinoire qu'était devenue l'avenue Secrétan. Allons, allons, trêve de sentimentalisme ou je rappelle Pleurnichard à la rescousse.

Après quatre-cinq ans de Normandie, de *Dandin*, de poésie, de théâtre, la Jeune Scène se saborda. Le lendemain matin de ce triste soir je ne me suis pas levé pour aller travailler, j'ai déclaré à ma mère en pleurs et qui me suppliait de sortir du lit que c'était désormais inutile :

j'étais devenu acteur, et comme tous les acteurs je me devais de rester au lit jusqu'à midi.

Voilà, Pleurnichard avait trouvé sa voie. Il venait de quitter le monde enchanté de l'amateurisme pour rentrer dans celui, ingrat, du professionnalisme. Et malgré les larmes, les cris – les coups même – de sa pauvre mère, Pleurnichard ne céda pas, il resta vaillamment au lit jusqu'à midi.

Et ce pendant des décennies.

Dieu, dimanches et fêtes

Dieu ne mit jamais les pieds dans la maison de Pleurnichard. S'y serait-il égaré que les bottes policières brisant la porte palière l'en auraient chassé à jamais. Par la brèche ainsi créée, qui voulait pouvait voir Auschwitz, Maïdanek, Treblinka. Dans la maison de Pleurnichard, il n'y avait ni livre, ni chant, ni musique, juste quelques soupirs. Dans la maison de Pleurnichard, Suzanne n'avait que des devoirs. Dans la maison de Pleurnichard régnait l'amour de Suzanne, même si nul n'aurait songé à le nommer ainsi. Dans la maison de Pleurnichard, Maxime, âgé de huit ans, devint responsable, puis, son frère à la main, jeté sans boussole ni bouée dans les quarantièmes rugissants. Pleurnichard fut l'objet de leur sollicitude à tous deux, peut-être même de leur amour. Pleurnichard, n'ayant ni devoirs ni responsabilités, ne se sentit jamais redevable d'amour. Il y avait bien les admonestations solennelles que des dames aux yeux humides, la gorge serrée, croisées au hasard des rues le dimanche, lui assenaient en pleine poire : « Faudra l'aimer bien fort, ta maman, bien fort, tu entends ! Elle est si bonne pour toi, elle se sacrifie pour toi ! Faudra l'aimer, tu entends, toujours ! Toujours ! » Pleurnichard fixait le bout de ses chaussures du dimanche tout en offrant une joue docile aux baisers humides et rouges, ce qui mettait Suzanne en rage :

– Pourquoi tu te laisses bisouiller comme ça par n'importe qui ?!

– Je croyais qu'elles étaient de la famille !

– Qui t'a dit ça ? Qui ?

– Est-ce que je sais ? Tu les embrasses bien, toi.

– Moi, c'est pas pareil !

Et elle effaçait rageusement les traces de rouge avec son petit mouchoir mouillé de salive.

– Elles sont parties en zone libre, elles ont même pas emmené leurs parents !

Et que je te frotte, et que je te frotte.

– « Faudra l'aimer bien fort, ta maman »... Tu parles, Charles !

Pleurnichard se perdait dans les histoires de famille. D'abord avec qui était-on, ou non, fâché ? Qui avait survécu ? Qui était parti en fumée ? Et quand Suzanne évoquait *mimè* Raisel, *mimè* Faiguè, *mimè* Souràh, ou encore Gaston, Gustave,

Maurice, Isidore, Willy, parlait-elle de ses frères, de ses cousins, de ses oncles ? Étaient-ils vivants ou morts, décédés comme on aimait dire ? Et quand elle en venait aux Suzanne, Gisèle, Rose, toutes allant par trois, il y avait trois Suzanne, dont elle, trois Gisèle, et autant de Rose sinon plus, les *mimè*, les tantes, ayant pourvu leurs rejetons des mêmes noms, bien français, bien de chez nous, afin qu'ils deviennent le plus vite possible bien français, bien de chez nous.

Suzanne ne fréquentait personne et on ne se voyait que par hasard, ou lors des fêtes de famille chez ses frères, Maurice ou Gaston. Au départ, Pleurnichard, sage comme une image, suivait sa mère. Puis, l'âge venant, il vira rouge, prenant la parole sans autorisation, même à table. Il lui advint même d'omettre de dire à sa tante, la maîtresse de maison, que la soupe était succulente. Un jour, il embrassa l'un des oncles avec son béret sur la tête.

– T'as un oiseau sous ton chapeau ?

– Non, mon oncle, non.

– Alors ôte-le !

Pleurnichard, ignorant les codes de bienséance, ne faisait que des impairs et c'était Suzanne qui prenait : « Tu le laisses trop faire, un jour il te mangera la soupe sur la tête ! » Sur le palier, l'oncle glissait, furtif, un billet plié dans la main de Suzanne. L'argent. L'argent manquait. L'argent manquait toujours. C'était Suzanne et Maxime qui se faisaient des cheveux pour l'argent manquant. Pleurnichard, après avoir été apprenti tailleur, puis aide-mécanicien, puis vendeur de disques animés, puis représentant de n'importe quoi et de pas grand-chose, cessa un jour toute activité rémunérée. Devenu artiste, acteur, comédien, puis dans la foulée auteur, l'argent et son corollaire, le manque d'argent, n'existaient plus pour lui. Ne rien faire, ne rien entreprendre, tout cela par vocation. Quelle vocation ? Ne rien faire, ne rien entreprendre. De toute façon il méprisait l'argent et n'était pas près d'accepter la moindre compromission pour en gagner.

Pourtant il avait dû déjà accepter quelques arrangements, et ce justement pour de l'argent. À la fin de sa scolarité, il devint filleul du JOINT, c'est-à-dire qu'une famille juive américaine l'adopta, symboliquement, dans le but de l'aider à poursuivre ses études. Il venait de quitter l'école et d'entrer en apprentissage. De plus ces juifs américains exigeaient mensuellement une lettre de remerciement rédigée en yiddish de la main même du filleul. Personne autour de Pleurnichard n'écrivait le yiddish. Baruch et Suzanne le parlaient, mais ne l'écrivaient pas. Chaque mois il fallait donc trouver un volontaire yiddishisant et lui expliquer que, bien qu'apprenti tailleur, il fallait dans la lettre parler de sa réussite dans ses études, etc., etc. Une fois par mois, Pleurnichard, avec l'accord de son patron du moment, se rendait rue Vieille-du-Temple, au siège du JOINT, pour encaisser la somme de cinq mille francs très anciens et un colis de denrées alimentaires. Pleurnichard rapportait fièrement la monnaie à Suzanne – malgré tout c'était de l'argent gagné – et le colis alimentaire. Ce dernier irritait fort Suzanne. Je peux dire qu'il l'humiliait. Les boîtes d'*honey*, la marmelade, le corned-beef, le riz, les boîtes de soupe, les biscuits casher, tout lui portait sur les nerfs. « Pourquoi n'envoient-ils pas des choses mangeables ? » Elle en venait à détester elle aussi les Américains. C'était ainsi. Nous aimions de plus en plus fort les Russes, qui ne nous donnaient rien sinon l'essentiel, l'espoir, denrée devenue si rare.

Lassé de rechercher un scripteur yiddish mensuel, je finis par ne remercier que tous les deux, puis tous les trois, enfin tous les six mois, et la source se tarit. De toute façon, dans ma dernière lettre, j'avais annoncé la réussite totale de mes examens de fin d'études, on fut ainsi débarrassés des colis…

Tous les dimanches après-midi, Suzanne, Maxime et Pleurnichard, plus tard Suzanne et Pleurnichard seuls, visitaient Baruch et Dinah, rue Labat, tout près des Galeries Barbès et de leur bonhomme en bois, là où l'oncle Maurice, entré groom à douze ans, s'était hissé à la force des poignets au grade envié de directeur des ventes et des achats.

Dès que Pleurnichard pénétrait chez Baruch, il cessait d'être Pleurnichard. Il devenait l'homme fort, exhibant ses biscoteaux, bombant le torse, l'athlète en maillot qu'il venait de croiser sur le trottoir boulevard Barbès soulevant des poids insensés après avoir baratiné les chalands pendant des plombes : « Dix petites pièces à gauche, dix petites pièces à droite, deux biftons au centre, et j'arrache pour vous cette barre chargée de cent soixante-dix-huit kilos de fonte, cent soixante-dix-huit kilos, record du monde, d'Europe, Chine comprise ! »

Pleurnichard, canne de Baruch en main, s'apprêtait au péril de sa vie à exécuter un épaulé-jeté de toute beauté lorsque Baruch repêchait sa canne en criant : « Pas lè canne, coukigniou ! Pas lè canne ! » Coukigniou se jetait alors sur le chapeau de Baruch, escaladant le divan, et c'était Napoléon lui-même haranguant ses troupes : « Du haut de ce divan vingt siècles vous contemplent ! » La panique saisissait Baruch : « Pas lè chapou, Nanéniou, pas lè chapou ! Pas le divon ! Pas le divon ! » Nanéniou courait alors se réfugier dans l'atelier, une pièce minuscule où étaient confinées une machine à coudre et une table de presse avec fer à gaz, ainsi que tout un fourbi de fournitures diverses tout à fait propres à enflammer l'imagination d'un Pleurnichard en mal de déguisements dominicaux. « Pas l'atelière, vaïou ! Pas l'atelière ! » Il en était chassé par Baruch et Suzanne unissant leurs forces et leurs cris, battant l'air de leurs bras. Pleurnichard fonçait alors se suspendre aux doubles rideaux du salon, il se frappait la poitrine tout en appelant à la rescousse les éléphants et les pygmées. « Pas les ridou, bandite ! Pas les ridou ! » Suzanne, pour la forme, criait enfin sur Tarzan, lui intimant l'ordre de cesser de leur casser les oreilles, de s'asseoir et de manger son quatre-heures sans bouger. Hélas, tout ce que Tarzan devait manger ou boire chez Baruch et Dinah lui paraissait vieux, pas frais, pas propre, juif en somme. Se pourrait-il que Pleurnichard fût à son insu, et au moins sur ce plan, comme n'importe quel autre petit Françouze des années quarante-cinquante, gentiment antisémite ?

De retour dans la rue, pendu au bras de sa mère, Pleurnichard redevenait Pleurnichard, et Baruch, j'imagine, retrouvait son calme. Non, pardon, Baruch n'était jamais calme, intérieurement j'entends. L'inquiétude, l'angoisse étaient son lot. Bien qu'en France depuis cinquante ans, il ne parlait toujours pas français, il croyait le parler. En fait il pratiquait une langue mixte faite de yiddish truffé de quelques mots français choisis, ce qui donnait à nos conversations un mystère indéfinissable.

Ayant obtenu des critiques plus qu'élogieuses pour ma première pièce, j'ouvris devant lui *Le Monde* en lui indiquant du doigt :

– Tu vois, ici c'est une critique, pépé, et là c'est écrit mon nom : Jean-Claude Grum…

– Ah les salou ! s'exclama-t-il aussitôt.

Ne lisant ni en yiddish ni en français – Suzanne m'assura qu'il avait commencé à travailler à Brody à l'âge de quatre ans. Pardon ? Que fait-on à quatre ans au travail ? Lisez Dickens, lisez Hugo. Baruch, lui, ôtait les fils de bâti des vêtements avant repassage et nourrissait le nourrisson des patrons. Il avait si faim qu'il bouffait la bouillie du marmot. Malade, on le coucha sous la table de presse afin qu'il eût bien chaud. C'est comme ça au XIXe siècle qu'on apprenait le métier de tailleur. Bon, je reprends : ne lisant ni en yiddish, ni en français bien sûr, Baruch s'informait des nouvelles du monde par des voies détournées. Je ne suis pas sûr d'ailleurs qu'à son retour à Paris en 44, avec Dinah, Gaston, Maurice, Clairette et leurs enfants, il comprît immédiatement que le danger était passé. Sa façon de se figer en entendant des pas dans l'escalier : « On monte, on monte ! – Laisse monter, pépé… » Dinah, elle, devenue sourde, ne parlait pas du tout français.

Avec elle la communication s'avérait impossible, du moins pour ceux qui comme moi ne parlaient pas yiddish et n'avaient aucune intention de l'apprendre.

La silhouette de Baruch n'imposait pas le respect grand-paternel. Pour tout dire, il était bossu et, bien que petit, je fus rapidement plus grand que lui. Je le croyais bossu de naissance. Entre mon grand-père paternel aveugle, ma grand-mère sourde et mon grand père bossu, pour ne rien dire de mon autre grand-mère, j'envisageais l'avenir et la vieillesse avec une certaine appréhension. Jusqu'au jour où, tombant sur une photo de la famille Katz, je découvris Baruch tenant dans ses bras la petite Suzanne pourvu d'un dos bien droit, avec de magnifiques moustaches, le tout dégageant l'air altier d'un chef de famille conscient de ses responsabilités. Même les vêtements étaient magnifiques. Suzanne m'apprit que les photographes professionnels louaient des éléments de costume à leurs clients économiquement faibles afin que ceux-ci paraissent, sur la photo du moins, cossus pour l'éternité.

La bosse de Baruch fut la conséquence d'une chute dans les escaliers. On lui prescrivit le port d'un corset de contention destiné à lui remettre le dos droit. Ce corset, hélas, au fil des ans s'avachit et prit la forme du dos d'un tailleur toujours penché sur sa machine à coudre. Et c'est pourquoi il recommandait à chacun, le quittant, beaucoup d'attention en « descendère les escalières ».

Lors d'un débat à l'hôtel Moderne, début des années soixante-dix – Baruch venait de disparaître –, je fis l'éloge des juifs inquiets et bossus dont je me sentais issu, les préférant aux juifs parachutistes qu'on nous proposait comme nouveau et unique modèle. Je fus très peu applaudi. Les juifs communistes, quoique n'aimant apparemment pas les parachutistes impérialistes et capitalistes, aimaient encore moins les juifs bossus et inquiets. Quant aux sionistes présents, ils quittèrent simplement la salle en me sifflant. Je me sentis très isolé. Je me sens toujours d'un certain point de vue isolé. Toujours juif aussi, merci. Mais je ne me réclame plus ni de la bosse ni de l'inquiétude. Vertus qui ne sont d'ailleurs pas ni précisément ni uniquement juives. Non, aujourd'hui je suis devenu un vieux juif comme tout le monde. La preuve, dès que j'ai un moment et un soupçon d'auditoire, je raconte ma vie. Un juif comme vous et moi donc, surtout comme moi, pour Israël face à ceux qui sont contre, et contre face à ceux qui sont trop pour, contre surtout tous ceux qui nous somment d'être pour ou contre, sans parler de ceux, innombrables, qui savent exactement ce qu'Israël devrait faire pour obtenir la paix et la sécurité face à ceux qui régulièrement affirment vouloir le détruire.

Fidèle aussi malgré moi au souvenir de ces juifs communistes qui ne sont plus – il est vrai qu'il en reste si peu, des communistes –, fidèle, donc, à ces militants de base, ces compagnons de route, ces sympathiques sympathisants avec accent, qui, tout en avalant des couleuvres, marchaient, lumière au front, prêts au sacrifice ultime sur l'autel des lendemains toujours promis, jamais atteints.

Un aveuglement en valant un autre, je me dois aussi d'être fidèle à ceux et celles qui, au fil des siècles, ont maintenu le judaïsme en état malgré les persécutions et les haines. Tous ces saute-frontières avec un *talès* et un livre pour tout bagage. C'est vrai, je me surprends à regretter de ne pas avoir été élevé dans la tradition, ne serait-ce que pour avoir eu le privilège de m'en écarter. Comme m'a dit un rabbin après m'avoir entendu dans un colloque : « Vous avez la musique, il ne vous manque que les paroles. » Oui, je regrette certains jours, face à certains sujets, de ne pas avoir appris l'hébreu, ni étudié, cela se tient, le Talmud. Mais je me console, il y a pire, par exemple mon ignorance quasi totale du yiddish, d'ailleurs, si je devais faire la somme des matières dont j'ignore tout, ce volume n'y suffirait pas.

Le jour de Kippour, pour faire plaisir à Baruch, mais surtout à Suzanne, je me glissais dans la *schoule* bondée, puis dans le rang des Katz. J'embrassais au passage oncle Gaston, oncle Maurice, parfois leurs fils, et enfin Baruch, dont les poils rêches non rasés me grattaient la couenne. Ils se tassaient un peu pour me laisser de la place comme pour m'inciter à rester, et je restais, constatant qu'une sorte de ferveur bon enfant régnait là, faite de bribes de discussions en yiddish ou en français, d'une rumeur de récit chuchoté à l'oreille, d'éclats de rire étouffés, tandis que là-bas, sur scène pourrait-on dire, s'évertuaient les acteurs du maintien du rituel et que passait dans l'allée le *shamès** à pas lourds réclamant le silence : « S'il vous plaît, s'il vous plaît, silence, silence, *sha sha*, s'il vous plaît ! »

Je serais bien resté plus longtemps, mais il me fallait rester surtout dans mon personnage. Je réembrassais les Katz, évitant de croiser leur haleine que j'imaginais aigrie par le jeûne et la vieillesse. Au passage, chaque oncle ou chaque cousin m'interrogeait d'un « Tu te débrouilles ? » n'appelant aucune réponse tant elle était évidente : « Oui, je me débrouille. » Je regagnais la sortie avec le poids des regards familiaux vissés sur mes épaules. *Exit* le *schlemil*, le *schnorer*,

* « Bedeau » en yiddish.

le *luftmensh*, le *kaleke**, l'arrogant couillon qui se prend pour un artiste. Je regagnais l'air libre. Là, sur le trottoir de la rue Sainte-Isaure, devant la *schoule*, se pressaient les femmes et les enfants, s'apostrophant, s'interpellant, s'extasiant, s'embrassant tous et toutes, propres comme des sous neufs dans leurs habits du dimanche. Moi, j'ôtais ostensiblement ma cravate tandis que ma mère s'informait des yeux : « C'est fait ? – C'est fait », et je repartais vers mes stériles occupations, dégagé pour un an de toute obligation religieuse. C'était toujours ce jour-là que le goût du sandwich saucisson-beurre me paraissait divin.

Pleurnichard, lui, dans ses jeunes années, se devait d'accompagner Suzanne rue Labat le soir de Pâques. C'était Suzanne qui préparait le repas pour ses parents. Bouillon *kneidler*, radis noir et carpe farcie. Elle achetait la carpe vivante au marché Saint-Quentin et l'installait avant exécution dans notre évier. Pleurnichard et Maxime unissaient alors leurs suppliques : « Ne la tue pas, maman, ne la tue pas, on s'en occupera, tu verras, t'auras rien à faire, rien à faire ! » Suzanne ricanait, terrible : « C'est ça, elle va passer sa vie dans l'évier,

* *Schlemil* : « malchanceux » ; *luftmensh* : « homme qui vit de l'air du temps » ; *kaleke* : « maladroit, homme voué à l'échec ».

et où je ferai la vaisselle, moi ? Où vous vous laverez le matin ? » Elle avait raison, mais nous on était quand même du côté de la carpe. Suzanne plantait son couteau, lâchement on détournait les yeux en couinant de douleur.

Le soir de Pâques rue Labat, j'ai honte de l'écrire, tandis que Baruch psalmodiait en tout petit comité, chapeau vissé sur la tête, châle de prière croisé contre sa poitrine qu'il frappait en cadence de son poing, Pleurnichard donc, dans son dos, serviette de table jetée sur ses épaules, l'imitait, cognant sa poitrine et balançant son buste en bourdonnant une litanie indistincte. Baruch truffait alors sa prière de « Non, coukigniou, non, naněniou » pathétiques puis désespérés qui n'arrivaient cependant pas à entamer le blasphémateur garnement. Suzanne, pressée, furieuse de voir que ses frères et leur famille n'étaient pas passés, sa sœur non plus, et que même Maxime ne venait pas, Suzanne n'avait pas le cœur à gronder Pleurnichard.

Après le départ de Dinah pour Maison-Blanche, on n'était quelquefois pas plus de trois autour de la table festive. Baruch, après avoir répondu aux questions rituelles qu'il se posait à lui-même, opérait encore quelques mystérieuses manipulations accompagnées de non moins mystérieuses paroles que Pleurnichard qualifiait de kabbalistiques, ensuite on passait au repas. Là

Pleurnichard, résolument odieux, regrettait son steak-frites, son camembert, et s'étonnait que sa mère ait oublié d'acheter le pain.

Oui, je sens encore s'agiter en moi le Pleurnichard frénétique qui se jette rue Labat d'une pièce à l'autre. Je suis à jamais ce gamin en culottes courtes, avec sa cravate de pacotille, son épi dressé sur le sommet de la tête que même le savon de Marseille appliqué par la main maternelle mais ferme de Suzanne ne parvenait pas à dompter. Ce garçon arrogant et trouillard, sûr de lui et dominateur, perdant pied au moindre obstacle, pleurnichant sans cesse aux heures creuses sans trop savoir pourquoi, avec comme leitmotiv son « Maman, je m'ennuie » qui irritait si fort Suzanne.

Le dimanche, en fin d'après-midi, sortant de la rue Labat, c'était le cinéma. Pleurnichard avait le choix entre les cinémas du quartier Barbès : le Delta, le Palais-Rochechouart, la Gaîté-Rochechouart, le Louxor, le Barbès lui-même, le Roxy, ça pouvait même aller jusqu'au Pacifique, boulevard Strasbourg, pourvu que le film soit français et sans Jules Berry. « Il se passe toujours des choses avec Jules Berry », et Suzanne n'aime plus qu'il se passe des choses. Avec Fernandel, Sacha Guitry, Bourvil, Jean Marais, Jean Richard il ne se passait jamais rien, c'était bien. Le film préféré de ma mère avait pour titre *Un ami viendra ce soir.* C'était ça qui lui manquait le plus : un ami, le soir.

Les enfants s'ennuient le dimanche
Le dimanche les enfants s'ennuient

Ce sont les paroles d'une chanson dont Pleurnichard a oublié l'air, et JC la musique.

Pleurnichard aurait pu rester ce garçon inculte, amer et solitaire, dont l'activité principale était la plainte et l'ennui, si les livres ne l'avaient pas débusqué chez lui à la faveur d'une angine blanche. Fiévreux, il gardait le lit, s'ennuyant ferme et sans passion. Pleurnichard, de son lit, pouvait entendre hurler ses petits copains d'école dans la cour de récréation. Il était bien sûr heureux d'être chez lui au lit au lieu d'être dans la cour avec les autres, mais il pleurnichait tout de même, pour la forme. « Maman, je m'ennuie, je m'ennuie, maman… » Suzanne alors prit une initiative dont elle ne mesura jamais la portée. Elle descendit chez les Maugan, les concierges de l'immeuble. Monsieur et madame Maugan avaient eu, bien avant guerre, une petite fille qui dans leur minuscule loge s'étiola avant de s'éteindre. Les poumons… Cette petite fille tendrement aimée leur avait laissé un chagrin infini et quelques précieuses reliques. Un jour, pour consoler Suzanne de ses propres malheurs, ils lui montrèrent les joujoux et les livres de leur petite morte. Suzanne, ce jour d'angine, descendit les supplier de prêter à Pleurnichard, exceptionnellement, un des livres de la petite morte. Les Maugan hésitèrent, puis lui firent jurer, sur la tête de Pleurnichard lui-même, que celui-ci prendrait soin de l'ouvrage comme de la prunelle de ses yeux. Les pauvres, s'ils avaient su ce qu'allaient devenir ces dites prunelles… Passons. Suzanne remonta, triomphante, un album de *Bicot* sous le bras. Elle présenta la chose avec solennité : « Attention, ce livre appartient à la petite morte, elle te le prête, prends-en soin ! » Pleurnichard découvrit, en l'ouvrant de biais pour ne pas en abîmer la reliure, le plaisir de lire des livres de la petite morte. Il lut ainsi tous les *Bicot*, puis vinrent les *Bécassine*, et les *Semaine de Suzette*.

Ensuite il ne cessa plus jamais de lire, tout ce qui lui tomba sous la main. Ce sont les livres qui lui ont donné le peu d'humanité qu'il possède. S'il écrit aujourd'hui, c'est pour tenter de rendre tant bien que mal tout ce qu'il a reçu des livres. Suzanne adorait que Pleurnichard lui répète une blague très en vogue à l'époque, il faut la lire avec l'accent :

– Ma fils cèsa *chtudior*, y lit toute la journeye.

– Qu'est-ce qu'y lit ?

– Lè Cricri, lè Tintin, lè Milou…

Le fils *chtudior* rentre de l'école et colle son nez et ses lunettes à la vitre de la fenêtre de sa chambre ex-atelier. De là, du troisième étage, il contemple sa cour. Tout en bas, au rez-de-chaussée, la loge des Maugan semble déserte. Ils vivent là, à l'étroit, transis, confits dans le chagrin du souvenir de leur chère petite morte d'avant-guerre. Monsieur et Madame Maugan ont trouvé un refuge précaire dans les vignes du Seigneur. Madame Maugan rejoignit sa petite morte adorée en premier. Monsieur Maugan cessa alors de s'alimenter, et, comme son épouse l'avait prévu, il fut renvoyé du métro et consacra son temps de reste, six mois environ, à écluser le plus grand nombre possible de bouteilles de rouge que le Paris-Médoc d'à côté lui fournissait par cageots. Les cadavres s'amoncelaient dans la loge. Et il n'était pas rare que pour parvenir jusqu'à l'escalier C les locataires se voient contraints d'affronter la lance du père Maugan qui, casquette en bataille, arrosait sa cour du matin au soir et du soir au matin. Pleurnichard, plus souvent qu'à son tour, sortit trempé des pieds à la tête de l'héroïque traversée de la cour.

Juste au-dessus de la loge, au premier étage, toujours sur cour, mais desservi par l'escalier ciré et ascensoré, on pouvait voir les fenêtres de l'appartement des Krantz. Monsieur et madame Krantz ne s'adressaient plus la parole depuis la fin de la guerre, et s'ils prenaient l'air, c'était chacun sa fenêtre. Suzanne prétendit que ce silence était lié au fait que l'une était encore communiste, tandis que l'autre avait déjà viré sioniste. La vraie raison, toujours d'après Suzanne, c'est qu'ils ne se remirent jamais de la déportation de leur fille et de leur propre survie. Nous adorions les Krantz, séparément. La douleur si policée de monsieur Krantz prit fin lors d'une foire du meuble à Lyon, il glissa sur la chaussée, sa nuque heurta le trottoir et il resta ainsi, raide et délivré, dans une rue passante de Lyon, évité par les chalands qui le prenaient pour un ivrogne cuvant. Madame Krantz, devenue veuve, passait ses journées à regarder la cour de la fenêtre de feu son époux, et nous, nous la regardions regarder. De temps en temps Suzanne traversait cette cour et grimpait voir madame Krantz, d'où elle revenait agitée, avec son petit mouchoir roulé serré au creux de sa main.

Au-dessus de l'appartement Krantz, au deuxième étage donc, il n'était pas rare d'apercevoir à l'une des deux fenêtres une femme corpulente se débattant dans les voilages, nue, ou plutôt vêtue d'un peignoir ouvert. Madame Maugan confia à Suzanne qu'elle effrayait ainsi les employés et autres releveurs de compteurs en leur ouvrant la porte dans cette tenue et à toute heure. Cette dame, que nous surnommions

« la folle », nous la croisions souvent, rentrant de l'école, se contemplant, le visage extasié, collé à la glace de la boulangerie, côté rue d'Hauteville, cette femme donc était pourvue d'un mari et mère de deux enfants.

Un jour Suzanne découvrit qu'ils étaient *yid*. Et le mari lui confia, dans la cour, en passant, l'histoire de son malheur. Ils s'étaient mariés après-guerre, elle n'était alors pas folle du tout, c'était même selon ses dires une jeune femme pleine de charme et d'entrain. Ils eurent un premier enfant, un fils, qui naquit, hélas, doté par des fées malfaisantes, d'un crâne en pain de sucre, oui, comme dans *Freaks* que je n'ai découvert que beaucoup plus tard bien sûr. Après cette naissance, elle devint à moitié folle. Les médecins consultés conseillèrent au mari, afin de restaurer au plus tôt la santé mentale de l'épouse, de mettre en route – vite fait, bien fait – un deuxième enfant. L'époux demanda prudemment ce qui se passerait au cas où le second ressemblerait au premier. « Impossible ! Impossible ! entonna le chœur des médecins. Votre malheureux enfant est victime d'une maladie dégénérative rarissime qui frappe un enfant sur dix, vingt, voire trente millions ! » Le second fils naquit, et bien sûr, sinon où serait le *rhorhmè**, avec le même crâne en pain de sucre, copie conforme,

* « Où serait l'astuce ? »

et la maman devint complètement folle. Je me souviens comme si c'était hier des deux enfants aperçus un jour d'été à l'ombre du vestibule, tout près de la porte cochère, assis tous deux dans le même landau, l'un derrière l'autre, tristes à mourir, avec leurs crânes pointus et leurs visages pas plus gros qu'un poing d'enfant.

Voilà, c'était ainsi dans la cour du 34 : eau, gaz et malheur à chaque étage, tout le confort moderne.

Pour être tout à fait complet – faut-il l'être ? –, découvrant ainsi les deux pauvres petits êtres, en franchissant la porte cochère, je fus saisi d'un fou rire dévastateur qui me broya les boyaux. En fait, je n'ai jamais su vraiment me comporter devant le malheur absolu. Faut-il pleurer, s'arracher la tête et la piétiner, ou rire à en crever ? Désormais, pour être sûr d'être tout à fait humain, je m'efforce et m'efforcerai de faire les trois ensemble.

Dans les ateliers de Pleurnichard

Je suis né dans un atelier. Dans le deux-pièces et demi de mon enfance, une pièce était consacrée au travail. Cette pièce – l'atelier donc – donnait directement sur le palier. Dans un appartement plus cossu elle aurait fait office d'entrée. Mon père – écrire « mon père » me surprend toujours –, disons Zacharie, y avait dressé deux établis, ou plutôt deux espèces de meubles hauts, sans portes ni tiroirs, composés chacun d'un plateau et de trois compartiments sur trois niveaux, libres d'accès, prêts à recevoir au passage des coupons de tissu, des doublures ou toute autre fourniture, ainsi que les éléments de vêtements en cours de fabrication. Chacun, adossé à son mur respectif, se faisait face et il restait très peu d'espace entre eux, du moins dans mon souvenir d'après-guerre.

Je ne me souviens que de l'atelier désert, comme je l'ai revu après la Libération, et je n'ai pas plus d'image mentale que de photo représentant Zacharie au travail. J'imagine qu'il s'activait d'un établi à l'autre, coupant sur l'un, entoilant et repassant sur l'autre, ou encore s'asseyant en tailleur sur l'un des plateaux pour bâtir, monter les manches ou piquer ses revers à la main. J'ai vu sur des gravures des tailleurs orientaux assis ainsi, jambes croisées, en tailleur justement. La raideur de mes articulations m'interdit d'envisager mon propre père dans cette position, mais qui sait… Je n'ai jamais revu dans d'autres ateliers ce genre de meubles, peut-être était-ce une sorte d'atelier roumain reconstitué en plein Paris. Ou, plus simplement, Zacharie, ayant trouvé ces meubles en emménageant, les aurait utilisés par souci d'économie.

À l'opposé de la fenêtre qui donnait sur la cour – qui donne toujours sur la cour – se trouvait une sorte de poêle en faïence, plus décoratif que fonctionnel. Je ne l'ai jamais vu marcher, contrairement à la modeste mais robuste salamandre qui rougeoyait dans la pièce principale. On trouve encore dans Paris ce genre de poêles hauts garnis de petites portes cuivrées. J'en avais un dans le premier appartement que nous occupions, ma femme et moi. Et j'ai eu la surprise de découvrir l'exacte réplique de celui de la rue de Chabrol dans le cabinet de mon psychanalyste. Il n'y a pas de fumée sans feu, comme disait, selon Maurras, le capitaine Dreyfus.

Près de la fenêtre, afin de bénéficier de la lumière du jour, devait se tenir la machine à coudre Singer, ainsi qu'une chaise supplémentaire destinée à la finisseuse – Suzanne ? – avec un tabouret en réserve pour l'éventuelle occasionnelle de la pleine saison.

Suzanne, ayant dû vendre la machine après la Libération afin d'acheter, dit la légende, du charbon au marché noir pour réchauffer les arpions de ses deux bambins, craignait la réaction de Zacharie à son retour des camps. Comment allait-il faire pour se remettre à travailler sans machine ? En attendant, l'atelier était devenu pour mon frère et moi notre terrain de jeu. Transformant la jeannette en mitrailleuse, le gros coussin de toile destiné à former les poitrines et les têtes de manches en obus ou en bombe atomique, nous luttions contre les nazis, les Indiens, les Japs, les pirates, les fascistes de tout poil, rampant, sautant, hurlant « À l'abordage ! », jusqu'à ce que Suzanne, armée d'un balai, nous ordonne de nous taire à cause des voisins. Les voisins dictaient notre conduite en tout point. « Qu'est-ce que vont penser les voisins ?! » était le refrain maternel le plus courant. « Ne criez pas ! Ne sautez pas ! Qu'est-ce que vont penser les voisins ?! » Maxime abandonna bientôt la résistance et Pleurnichard dû à lui tout seul incarner les bons et les méchants, ce qui décupla son inventivité.

Après quelques années d'attente, Suzanne décida de transformer l'atelier en chambre à coucher. On cassa les établis, on colla au mur un nouveau papier obturant ainsi au passage un placard – les morts dans les placards, ça nous connaît, nous autres – et on installa un lit à deux places, matrimonial, que se partagèrent, en tout bien tout honneur, Pleurnichard et son frère jusqu'au départ de ce dernier au service militaire. Dans la demi-chambre voisine s'étalait un autre lit, matrimonial et légitime celui-là, que Suzanne fréquentait désormais seule. Pour en faire le tour il fallait d'abord longer l'énorme armoire à glace dont les portes, faute de recul, ne s'ouvraient qu'à moitié, se glisser au pied du lit le long de la fenêtre donnant sur une courette toujours obscure, puis gagner le mur et remonter la ruelle pour enfin atteindre l'autre tête de lit, où personne jamais ne tentait d'aller, sinon Suzanne lorsqu'elle entreprenait de refaire à fond le lit qu'elle ne défaisait qu'à peine. De l'autre côté de la tête en bois de ce grand lit d'avant-guerre, derrière la mince cloison, dans l'ex-atelier, nous dormions, mon frère et moi, et certaines nuits nous poussions en chœur, au cœur de notre sommeil, des cris affreux, au grand dam de Suzanne, cris qui terrorisèrent et scandalisèrent les voisins.

J'ai encore dans l'œil le rouge sombre du

couvre-lit matelassé – l'*ibèbèth** – qui, assorti au bois massif de l'armoire à glace, achevait de donner au lieu un caractère mortifère. C'est pourtant là, face à la glace de cette armoire, seule glace en pied de la maison, que Pleurnichard déclamait la tirade des nez, avec force mimiques et gestes emphatiques, là qu'à l'abri des regards ironiques et fraternels il boxait, plaidait, posait.

Le second atelier de ma vie, à deux pas du premier, fut celui où Suzanne gagnait, à la force du poignet et à l'aide d'huile de coude, le pain quotidien familial, nous permettant ainsi d'être pauvres sans être misérables. Nous habitions donc au 34, et l'atelier où ma mère travaillait comme finisseuse pour hommes – elle tenait à cette définition – se situait au 26. Pleurnichard avait l'occasion de s'y rendre à double titre. D'abord bien entendu pour y chercher sa mère, ou, en cas d'arrêt-maladie, pour prévenir le patron et, si besoin était, prendre ou ramener du travail que Suzanne exécutait alors à domicile. D'autre part Pleurnichard se trouvait être le copain d'école du fils du patron. Ainsi, certaines fins d'après-midi, après l'étude, il arrivait que Pleurnichard monte avec Léon, son copain, vers la partie « appartement » du 26. C'était une sensation troublante

* Couette de plumes d'oie.

de monter là où travaillait sa mère et de passer, sans même aller la voir, dans la partie interdite, privée. Tout y paraissait vaste. Pleurnichard se trouvait là incontestablement chez les ennemis de classe, les patrons, et pourtant Léon était si proche de lui, si semblable à lui.

Coude à coude ils finissaient leurs devoirs et alors, alors seulement, ils s'apprêtaient à entrer dans l'atelier. Déguisés en Indiens, ils surgissaient en criant « Ouh ! » dans la pièce réservée au personnel féminin, là même où Suzanne tirait l'aiguille avec énergie, au coude à coude elle aussi avec ses collègues. Là encore, Pleurnichard avait l'impression de ne pas être à sa place, il ne savait pas comment se conduire avec Suzanne et les autres ouvrières en présence de Léon, qu'il lui fallait suivre même lorsque celui-ci se déchaînait. C'était un véritable diable à quatre, agile et costaud. Il pouvait grimper sur les étagères et se laisser tomber au sol lorsqu'une ouvrière ouvrait la porte, ou pire, se planquer en équilibre sur le haut de cette même porte et se jeter sur le dos d'une ouvrière en poussant des cris affreux. La pauvre portait alors ses mains à sa poitrine, manquant d'air. Moi, je me contentais de petits cris proférés du plancher des vaches.

Dans cette pièce vouée au travail féminin, autour d'une table surchargée de bobines, de pelotes d'aiguilles, de ciseaux, de bouts de ouate ou autres fournitures de toutes sortes, sept-huit ouvrières, dont l'une se tenait debout derrière une table haute – elle y bâtissait les devants de vestons sur les toiles –, toutes filochaient. Elles étaient payées aux pièces et elles étaient là pour gagner leur vie, ce qui ne les empêchait pas ponctuellement de parler, de pleurer, de rire et de chanter à l'unisson. La porte donnant sur la pièce mitoyenne, la salle de presse, était toujours ouverte.

Les deux presseurs, la grande presse et la petite presse, se faisaient face, debout, fer en main, de chaque côté de chaque énorme table. La grande presse était un homme, en bras de chemise quelle que soit la saison. Il fallait le voir faire voler le veston pour en étaler une partie à plat sur la table, puis tordre sa pattemouille et enfin poser son fer, avant que d'un coup de planche il écrase la vapeur. La petite presse – c'était une dame – ouvrait les coutures et préparait le travail pour que la grande presse n'ait plus qu'à exprimer son art sans se préoccuper des tâches subalternes.

La petite presse s'appelait madame Hélène, elle pesait un bon quintal toute mouillée, et toute mouillée elle l'était en permanence. Elle ruisselait dans sa robe sans manches qui lui collait partout. Sans cesse elle agitait son fer et ses bras pour tenter de décoller cette seconde peau. Elle était la gentillesse même, la naïveté incarnée.

Ainsi a-t-elle un jour déclaré à Suzanne qu'un enterrement sans fleurs comme chez les juifs, c'était triste, elle préférait, elle, les enterrements catholiques avec fleurs. « C'est plus gai ! » Aux dires de Suzanne, une fois par jour, pas moins, elle évoquait la mort de son époux écrasé par un autobus :

– Il a mis un pied sur la chaussée, le 32 est passé et l'a écrabouillé. Il était saoul. C'était un homme qui buvait, mais un brave homme, surtout à jeun.

Les ouvrières la relançaient sans cesse :

– Et comment est donc trépassé votre pauvre époux, madame Hélène ?

– Il est sorti de la maison, il a mis un pied sur la chaussée et le 32 l'a…

C'était toujours avec respect que je venais saluer, quand je n'accompagnais pas Léon, le grand presseur et la petite presse. Je n'entrais jamais chez les mécaniciens, un monde à part de l'autre côté du couloir.

Ni bien sûr dans la salle de coupe où régnait le père de Léon, le patron, le singe, monsieur Gryn. C'était un homme, comment dire, sarcastique. Par exemple, si une ouvrière venait lui annoncer : « Demain je ne pourrai pas venir, j'enterre mon père », il ne pouvait s'empêcher de demander : « Vous avez encore votre mère ? » Si l'ouvrière disait non, il paraissait soulagé, un jour de congé en moins en perspective. Et lui aussi, bien que de petite taille, dégageait une force peu commune. Est-ce que j'enviais à Léon le fait d'avoir un père ? Je ne sais pas, je n'aurais pas su quoi faire d'un père. J'enviais sans doute le confort que ce père procurait à la famille Gryn, l'absence d'inquiétude quant à l'avenir. Disons que j'étais troublé, mal à l'aise, quand on allait goûter dans la vaste cuisine et que je surprenais l'intimité de la famille Gryn, une famille complète avec père, mère, sœur, et même un grand-père à demeure oublié sur une chaise.

La patronne ne travaillait pas, si bien que ma mère, après avoir vu *L'Atelier*, m'a dit :

– Dis donc, tu t'es entièrement gouré !

– Comment ça, maman ?

– La patronne entrait jamais dans l'atelier.

La patronne était élégante, monsieur Gryn, lui, débraillé. Il faut dire qu'il travaillait dur, courant partout, grimpant au mur au moindre problème. Quand il nous croisait dans les couloirs, Léon et moi, jouant aux cow-boys et aux Indiens, il avait vite fait de nous renvoyer à nos études.

Je pourrais vous parler longtemps de l'atelier Gryn, mais en fait je m'étale pour ne pas en venir au cœur du sujet : Bella, elle s'appelait Bella, madame Bella. Elle travaillait aux côtés de ma mère. C'était une petite femme très brune, dotée d'un regard intense dont se dégageait une énergie, une autorité naturelle, à la fois réfléchie et instinctive. Elle n'élevait jamais la voix. Elle participait aux jeux, aux rires, mais avec toujours retenue et dignité. Bella était une rescapée d'Auschwitz, et si je restais assis de rares samedis midi aux côtés de ma mère, je pouvais apercevoir, sur l'avant-bras de Bella, son numéro monter et descendre au gré de son aiguillée.

Aux dires de ma mère, Bella avait survécu parce que à l'arrivée là-bas elle avait cessé d'avoir ses règles. Suzanne m'avait raconté ça sans préciser ce qu'étaient les règles. Ainsi donc, au fil des mois, au lieu de devenir squelettique, elle développa une sorte d'œdème, et comme elle était de petite taille, elle eut bientôt l'air d'une boule. Les SS aimaient l'exhiber. « Voyez, chez nous on grossit. » Ainsi échappa-t-elle à la sélection. Au retour elle épousa un survivant. Tous deux étaient communistes. Bella était communiste mais ne prêchait jamais, sinon par l'exemple. Sa droiture, sa force, sa détermination parlaient pour elle et donc pour le parti. Les deux rescapés eurent une fille. Non, non, ne craignez rien, c'est une histoire heureuse que je vous raconte là, même si, je ne sais pourquoi, elle m'émeut plus que de raison. Cette fille fit des études brillantes, comme devaient être les études d'une jeune communiste, puis elle choisit, au titre de ce qui n'était pas encore la coopération, d'enseigner dans un pays africain. Bella était très fière de l'engagement de sa fille. En Afrique, elle rencontra un Africain, lui aussi enseignant. Ils se marièrent et eurent des enfants. Le bonheur, la fierté, le triomphe de Bella et de son mari furent immenses. Sans ostentation Bella montrait des photos de ses petits-enfants noirs. Pour Bella c'était là le sommet, l'accomplissement total de son engagement, la preuve vivante de la justesse de sa cause : l'internationalisme. Il n'y avait plus de juifs, plus de nègres, l'humanité, l'humanité seule ! La vie des deux rescapés communistes devenait exemplaire en tout point.

Suzanne, elle, désapprouvait ce mariage, elle répétait – pas devant Bella j'espère : « Ça ne marchera pas, ça ne peut pas marcher. » Et face à la joie rayonnante de Bella, elle se taisait et attendait l'heure de la catastrophe. Pourquoi pensait-elle que ça ne pouvait pas marcher ? Elle ne consentit jamais à nous livrer ses raisons. Elle haussait les épaules. C'était tellement criant : « Ça ne peut pas marcher ! » Attention, elle n'était pas raciste, mais elle trouvait que le mari de la fille de Bella était trop noir. Elle n'avait rien contre les Noirs en général, sauf quand, comme celui-là, ils exagéraient. « Il exagère, disait-elle, il est trop noir. » Elle avait la même prévention vis-à-vis des juifs religieux qu'elle croisait occasionnellement.

Elle n'avait rien contre les juifs, et pour cause, sauf quand ils exagéraient. Les religieux, dans leur déguisement, avec leurs barbes, leurs franges, leurs *paillès*, exagéraient. Elle ne pouvait pas les voir. Enfin, il arriva un jour ce que Suzanne avait prédit, la catastrophe, le couple explosa. Bella fit bonne figure et Suzanne sut afficher un triomphe modeste. Elle l'avait bien dit, ça ne pouvait pas marcher.

Maintenant projetons-nous quelques décennies après ces événements. Grumberg Jean-Claude, l'auteur, fait des lectures publiques d'extraits de son ouvrage *Mon père, inventaire*, au théâtre du Rond-Point. Après la lecture, dans la librairie de ce même théâtre, séance de signatures. Je suis donc, stylo en main, assis derrière une petite table instable, et je salis les pages de garde des livres qu'on me présente, ouverts. Je demande le prénom, voire le nom du destinataire et je griffonne un petit mot illisible garni d'un petit dessin moche. De temps en temps un spectateur-lecteur me parle et je lève les yeux vers lui. Là, une jeune femme me tend son livre en murmurant : « Je suis la petite-fille de Bella. » Je lève les yeux et je découvre le visage rayonnant d'une jeune femme qui exagère comme son père, elle est toute noire. Je me dresse et je la prends dans mes bras. J'en pleure encore. La petite-fille de Bella… je n'en reviens pas. Elle est émue, je suis ému, nous sommes émus. Mais la queue de lecteurs avides de recueillir mes gribouillis se fait exigeante. Je me rassois, je salis le livre de la petite-fille de Bella – qu'est-ce que j'ai pu lui écrire ? je ne sais pas – et je n'ai pas la présence d'esprit de lui demander son adresse ou son téléphone. Je referme le livre, elle va partir, je lui demande alors précipitamment :

– Qu'est-ce que vous faites dans la vie ?

– Des études d'histoire, je prépare une thèse de doctorat.

– Sur quoi ?

– La Shoah.

Et la voilà partie. La Shoah. Ainsi elle est non seulement la petite-fille de Bella par l'état civil, mais elle a aussi choisi de l'être par tout son être, elle qui aurait pu échapper à ce poids, à cette « connaissance inutile » comme la qualifie Charlotte Delbo, elle qui aurait pu rejoindre la foule des indifférents ou au contraire ouvrir un épisode de la guerre des mémoires, elle a choisi Bella, elle a choisi d'être fidèle à Bella, à son grand-père, aux survivants, aux disparus.

Dommage, dommage que Suzanne ne soit plus là pour que je puisse lui annoncer la nouvelle : c'est Bella qui avait raison, c'est Bella qui a gagné, maman, c'est Bella qui triomphe ! Je ne sais pas si cela lui aurait fait plaisir, Suzanne n'aimait pas perdre, ou plutôt elle était lasse de perdre tout le temps. Dans le Xe, une candidate communiste se présentait régulièrement aux municipales, madame Lagatu. Et même quand nous n'étions plus communistes nous votions pour Lagatu, par conformisme ou par fidélité. Suzanne, qui n'avait jamais été communiste ou quoi que ce soit d'autre, votait également pour Lagatu. Un jour elle nous déclara que la fois prochaine elle ne voterait plus Lagatu. Je lui demandai :

– Mais pourquoi, maman ?

– Elle gagne jamais.

Voilà. Elle vota pour un RPF, monsieur Marcus, qui gagna au grand soulagement de Suzanne, enfin une victoire !

Dans cet atelier du 26 il y avait un autre ancien déporté. Son histoire est un peu plus compliquée. Appelons-le monsieur Walter. Il était chef d'atelier. Il n'avait pas beaucoup d'autorité. C'était sans doute dû à son physique peu avantageux. Sa tête reposait constamment sur son épaule droite, il devait faire un effort pour la redresser quand il parlait. Son français était teinté de yiddish et de polonais. Suzanne ne le trouvait pas sympathique. Je pense d'ailleurs qu'il ne l'était pas spécialement, c'était un chef d'atelier, sous les ordres de monsieur Gryn qui plus est.

En 1939, lorsque les Allemands envahirent la Pologne, ils s'arrêtèrent un peu avant le petit village où vivait Walter. Quinze jours après, les troupes soviétiques, comme cela avait été convenu dans le protocole signé entre les nazis et l'URSS, envahirent l'autre partie de la Pologne, essentiellement les pays Baltes, et rejoignirent la ligne de partage préalablement définie par le pacte germano-soviétique. Les juifs résidant dans la partie ouest de la Pologne, désormais sous contrôle nazi, furent les premiers servis, on s'en doute. Les autres, dont monsieur Walter, se virent proposer par les autorités soviétiques le choix de devenir soviétiques ou de rester polonais. Monsieur Walter se dit : « Pourquoi changer ? Je suis, paraît-il, polonais, restons polonais. » Ceux qui avaient choisi de devenir soviétiques obtinrent le droit de rester sur place comme citoyens soviétiques à l'essai. Ainsi, lors de l'invasion allemande du reste de la Pologne, furent-ils les seconds – mais copieusement ! – servis.

Ceux qui, par patriotisme polonais, ou simplement par lassitude comme Walter, ayant déjà tellement changé de nationalité depuis la guerre de 14, avaient choisi de rester polonais furent déportés illico en Sibérie. Là, loin de la guerre, Walter vécut l'enfer : le froid intense, le travail épuisant, la faim, la soif, la peur, l'humiliation. Sur place il attrapa une maladie qui eut pour résultat de lui pourrir toutes ses dents. On lui mit alors à la place des dents en or, l'or étant en Sibérie moins coûteux que la céramique. La guerre finie, il revint en Pologne, pour constater que si la majorité des juifs n'étaient plus là, la majorité des antisémites, eux, étaient restés. Il opta alors pour la France et débarqua à Paris avec sa tête sur l'épaule et sa dentition aurifère. Là on lui apprit qu'il n'avait pas été déporté, qu'il n'avait pas souffert. D'ailleurs rien qu'à voir ses dents en or on comprenait... « Comment voulez-vous que je demande un secours avec ces dents-là ! Dès que j'ouvre la bouche, on me rit au nez. » Il finit par se faire déposer ses dents sibériennes et adopta un appareil complet classique. Malgré cela, il resta celui qui n'avait pas souffert pendant la guerre.

Un soir qu'en banlieue je venais de jouer *Zone libre*, et que je me changeais dans une loge, deux dames poussèrent ma porte, l'une était Bella, et l'autre madame Émilienne, celle qui bâtissait, le plus souvent debout, derrière la haute table. Elles me félicitèrent et m'embrassèrent pour *Zone libre* et surtout pour *L'Atelier*. Ce fut comme si, du plus lointain de mon enfance, deux fées venaient me faire prince, et ainsi donnaient un sens à ma vie et à mon travail. Nous étions tous trois émus au-delà du possible. Suzanne venait de quitter l'atelier à jamais. Bella m'assura que, grâce à moi, elle vivrait pour toujours.

Rassurez-vous, je ne vais pas vous infliger la description, hommes et lieux, des dix-huit ateliers que j'ai fréquentés de quatorze à dix-huit ans, ce nombre conséquent étant lié au plein emploi qui régnait, hélas, dans ces années glorieuses, si bien que je n'avais pas peur de perdre mon travail, j'avais peur d'en retrouver un. Dès qu'à la faveur d'une dispute, d'une insolence ou de retards trop fréquents j'étais viré, avant même d'avoir pu me repaître de cette liberté qu'on nomme oisiveté, patatras, l'ORT, l'un de mes oncles, une vague connaissance, n'importe qui en somme, me trouvaient une nouvelle place et donc un nouveau patron.

Ainsi me suis-je retrouvé un matin à l'aube dans un atelier de juifs hongrois, l'année où l'équipe de Hongrie devint championne du monde, dans l'obligation de coudre à la machine tout en jouant au foot, un pied sur la pédale, l'autre dans le ballon. Ils mirent peu de temps à constater mon manque d'aptitude dans les deux disciplines et me chassèrent, à mon grand soulagement, ignominieusement. Peu à peu naquit en moi l'intuition salvatrice que je ne devais sous aucun prétexte me laisser aller à apprendre le métier que j'étais censé apprendre, si bien qu'au bout de quatre ans d'errance et d'apprentissage j'avais retrouvé mes qualifications initiales, à savoir le feu, le balayage, les livraisons. Chaque livraison ne durait pas moins d'une demi-journée, quelle que soit la distance à parcourir. Je m'étais perdu dans le métro, égaré dans les rues, trompé d'adresse. Je savourais particulièrement ces instants arrachés au patronat en me prélassant sur un banc public, loin de la confection pour dames, un œil rivé sur un livre, l'autre suivant chaque jupe qui passait.

L'un de mes patrons – son atelier faisait face à celui des footballeurs dans le faubourg Saint-Denis – me prit, lui, comme aide-mécanicien, sur ordre de son médecin, afin de diminuer sa consommation de pastis. En effet, après chaque pièce montée par ses soins, il descendait au café du coin s'offrir un remontant. Depuis que je l'aidais, il ne descendait plus que toutes les quatre ou cinq pièces. Le rituel était immuable : étant son aide, je devais l'accompagner. Il commandait deux Pernod. Je précisais alors que je ne buvais pas d'alcool. Il me jetait un regard torve, vidait son verre, puis poussait l'autre vers moi. Je reprécisais que je ne buvais toujours pas d'alcool. Il insistait avec des roulements d'yeux suggestifs, des claquements de langue, des petits coups de coude incitatifs. Puis, en désespoir de cause, il se sifflait le second pastis en concluant : « Tu l'aurais bu, j'l'aurais dit à ton frère. » Et il sortait négligemment son paquet de Gauloises, s'en collait une au bec, puis il me le tendait. Je déclinais. Il insistait : « OK pour le pastis, mais les cibiches quand même ! » Enfin, vaincu, il rangeait son paquet, tirait sur sa goldo, et dans un nuage de fumée précisait : « Tu l'aurais prise, j'l'aurais dit à ton frère. » Voilà, c'était un homme comme ça.

Il lui arrivait souvent, en fin de semaine, d'oublier de me régler. Après trois semaines sans salaire, j'omis à mon tour de raccrocher la clé des WC sur le palier desservant l'atelier et son domicile. Nous étions le vendredi soir. Le samedi passa. Ce fut le dimanche, en fin d'après-midi, que, clé en poche, je sonnai à sa porte. Il m'ouvrit, fébrile :

– Combien je te dois ?

– Trois semaines.

– En voilà deux. Donne !

Déjà il tendait la main, j'y déposai la clé.

Avec ça il n'était pas avare de confidences. Il se voulait mon mentor et s'informait régulièrement si j'allais bien aux putes les jours de paye ou si je donnais tout à ma « moman ». Il se flattait de n'avoir pour employé féminin que d'anciennes ou de futures prostituées. Il lui arrivait également de livrer des épisodes de sa guerre. Un jour, traversant l'Espagne en direction de Lisbonne, dans l'espoir d'embarquer sur un cargo pour le Brésil, accompagné de son frère, il marche dans un désert sous le cagnard de midi. Leur guide les avertit :

on va s'arrêter à des points d'eau, pas question d'y boire. La consigne : mouiller son linge de tête, puis le remettre en place, puis repartir aussitôt. Au point d'eau suivant, son frère assoiffé s'enfile rasade sur rasade sous l'œil réprobateur du guide. Ils repartent. Cinq cents mètres plus loin le frère s'effondre. Insolation foudroyante. Le guide rend la sentence : « J'l'avais prévenu. » Ils repartent, le laissant au sol. Un ou deux kilomètres plus loin, mon patron, s'adressant soudain au guide, précise :

– Quand même, c'est mon frère.

– Si c'est ton frère, va le chercher.

Il va le chercher et le ramène sur son dos. Et va savoir pourquoi, depuis cet épisode espagnol, son con de frère lui en veut ! Oui, on a raison de dire que le vrai salaud, c'est celui qui feint d'ignorer qu'il est un vrai salaud.

Sa femme était son exact opposé. Autant lui paraissait sortir des bas-fonds qu'elle semblait illustrer un livre new-yorkais consacré aux petites princesses juives en attente de prince charmant. Comment ce rustre avait-il pu la séduire ? Déjà mère de deux enfants, elle était de nouveau enceinte quand je devins l'assistant de son alcoolique de mari. C'est moi donc qui l'accompagnais pour les livraisons, portant la marchandise dans une ample toilette noire. Lorsque le destinataire réceptionnait les vêtements, et qu'il y découvrait un défaut – il faut dire que mon patron était un abominable massacreur, quant à moi… –, ainsi, juste avant que l'homme puisse exprimer la moindre critique, ma petite patronne gémissait en se tenant le ventre. Aussitôt on s'affolait : « Ça ne va pas ? – Si, ça va », miaulait-elle au bord de la syncope. On lui glissait alors une chaise et on l'y asseyait de force.

L'homme retournait à son inspection, pointant la manche qui vissait, la couture qui grippait, l'épaule qui dit merde à l'autre, mais c'était sans compter sur la science du *timing* que possédait intuitivement ma patronne. Elle s'affaissait soudain, puis se redressait, bouche ouverte, comme si le bébé était déjà en route. Ça ne traînait plus. La marchandise était enregistrée – à l'époque tout se vendait, on manquait de tout – et la princesse poussée jusqu'à la porte, avec l'ordre de me dépêcher de la dégager afin qu'elle ne vêle pas dans les locaux commerciaux. Dans les escaliers, j'avais du mal à la suivre tant elle volait, sifflotante. En fin de compte, ce n'était peut-être pas un couple si mal assorti que cela.

Promis, dans mon tout prochain ouvrage je dirai tout, et même j'en inventerai, sur les dix-huit patrons de Pleurnichard, en attendant je vais directement nous propulser dans ma dernière et ultime place, là même où j'ai conquis la liberté par les larmes.

La liberté par les larmes

La famille Grumberg, en provenance de Galatz, dans les années d'avant 1914, se composait de Naphtali, son épouse et de trois enfants, Zacharie, Léon – réglons la question de Léon, Suzanne, à la sortie de la guerre, se fâcha avec lui et on ne le vit plus jamais – et de leur sœur qui se maria avec un nommé Factor, tailleur lui aussi. Les Factor habitaient et travaillaient passage du Poteau, dans le XVIIIe. C'est là que la police les cueillit, un matin de 1942, pour les expédier à Drancy, et de là… Leurs deux fils, Maurice, l'aîné, et Jacquot, réussirent à échapper aux griffes du loup. Maurice Factor se maria à la Libération avec Fernande et ils eurent deux enfants. Maurice Factor, mon cousin donc, était doué pour à peu près tout, excepté pour être tailleur et surtout patron. Pressé par le besoin de nourrir sa famille, c'est tailleur et patron qu'il devint. Son frère cadet, Jacquot, resta celui qui, pour Maurice, devait relever le flambeau des études scientifiques ou littéraires.

Un jour Jacquot déclara à Maurice qu'il voulait entreprendre des études pour devenir rabbin.

Maurice, considérant que ce n'était pas un métier pour un juif, qui plus est pour un juif dont les père et mère avaient été massacrés, déclara qu'il était prêt à le soutenir dans toute autre discipline au choix – mathématique, scientifique, musicale, médicale, artistique –, mais que, pour rien au monde, il ne se crèverait le cul à la machine à coudre pour faire de son frère un rabbin.

Jacquot alors disparut en Israël. Maurice n'eut plus de nouvelles de lui jusqu'en 1955. Là, ouvrant un *Paris-Match* consacré aux enfants Finaly, il découvrit les petits Finaly photographiés en compagnie de leur professeur de français : c'était Jacquot. Il n'était pas devenu rabbin mais israélien et professeur de français. Grâce à *Paris-Match* Maurice put renouer avec son frère. Mais ne nous écartons pas du sujet. Maurice, je l'ai dit, était doué pour tout et par-dessus tout pour raconter des blagues, style Pierre Dac ou Francis Blanche, ses idoles. Il avait d'ailleurs le physique et la voix de Francis Blanche.

Ayant constaté que je me jetais d'une place à l'autre sans réussir à me fixer, sachant d'autre part que je voulais faire du théâtre, il me proposa de me prendre dans son atelier, histoire de me stabiliser. Je devins donc aide-mécanicien chez mon cousin Factor. Son atelier n'était pas situé dans son appartement. Il avait loué un local industriel, au rez-de-chaussée, dans un immeuble près de chez lui, boulevard Ney, tout près de la soupe populaire, là où de l'avis de tous et de chacun je devais finir. Maurice Factor ne pensait pas ça, ou du moins ne me montra jamais qu'il le pensait. Il avait un associé. Le premier jour il me le présenta en déclarant que son associé avait été formé par Jules Berry. Je me sentis transporté.

– Vous connaissez Jules Berry ?

– Bien sûr, c'est lui qui m'a formé.

– Vous êtes comédien ?

– Pas du tout, je suis joueur.

– Pardon ?

– Je joue aux courses. Jules Berry était mon voisin de palier et il m'a initié. J'allais miser pour lui au champ de courses dès l'âge de onze ans.

L'ambiance dans cet atelier était décontractée. Je m'y sentais à l'aise. Nous n'étions pas séparés, claquemurés par spécialité dans des pièces différentes. Tout l'atelier était de plain-pied. Je me trouvais à côté des finisseuses, à côté du presseur. J'entendais toutes les conversations. Le chœur des femmes était animé par une dame assez âgée qu'on nommait madame Mimi. Elle était pourvue de rares cheveux décolorés, blonds, qui laissaient voir la peau de son crâne, mais elle avait un regard de coquette et un sourire enjôleur. Elle était douée d'un esprit de provocation hors du commun. L'une des autres ouvrières se trouvait être sa cliente préférée. Cette dame supportait tout, y compris les blagues les plus salaces et même les plus scatologiques, une seule chose la faisait sortir de ses gonds : l'irrévérence vouée à la sainteté du pape.

Il n'était pas rare qu'en fin de journée, pour combattre la torpeur ambiante, Mimi demande avec brusquerie :

– Qu'est-ce qu'il porte en dessous ?

– Qui ?

– Le pape, sous sa robe, il porte un caleçon ou il va cul nu ?

C'était parti, la pauvre femme levait les bras au ciel, puis se bouchait les oreilles en se tortillant sur son siège. Mimi poursuivait : « S'il sue du cul… » Alors la dame se levait et courait en rond, s'arrachant les cheveux. Je pleurais de rire sur ma machine.

L'un des personnages les moins communicatifs était le presseur. Un homme encore jeune. Lui aussi portait un numéro sur l'avant-bras, mais il n'avait rien ni d'un juif ni d'un ancien déporté. Il n'en parlait jamais, et soyons juste, il ne parlait jamais de rien. Bonjour, bonsoir, la pluie, le beau temps. Il avait un accent des faubourgs et une dégaine de danseur de musette. Il semblait, en repassant, absorbé dans une absence de pensée totale. Un jour pourtant, il me raconta tout en repassant la mort de son père. Il était dans un camp avec son père, c'était la fin de la guerre, ils étaient encore en vie. Ayant été champion de France junior de gymnastique, son père, ex-athlète lui aussi, c'était ainsi qu'il expliquait leur longévité. Il me montrait ses biceps tout en parlant d'une voix traînante, sans émotion aucune :

– Donc, on était tous les deux dans une baraque, le camp était quasiment libéré, mais ça tirait dehors à droite, à gauche, va savoir qui… Mon père se lève alors et se dirige vers la porte. Je lui dis, comme ça : « Où tu vas, Ducon ? – Voir, qu'il me répond. – Voir quoi ? – Qui qui tire. – Bouge pas, j'lui ai dit, va pas te choper une balle. » Il sort, il fait deux pas, il s'en prend une en pleine poire. C'est comme ça que mon paternel y a laissé la peau.

– Et vous ?

– Moi, j'ai attendu que ça se tasse, et me voilà.

Il conclut, sans fierté et sans joie, sans cesser de repasser, d'écraser son vêtement sous son fer de cinq kilos avec une sorte de sauvagerie tranquille.

Bon, trêve de détours, venons-en au récit de ma victoire. J'étais parti en vacances et j'en étais revenu. J'avais retrouvé l'atelier Factor, et même le boulevard Ney et sa soupe populaire, sans déplaisir aucun. Je m'étais assis derrière ma machine Pfaff, j'en avais ôté le capuchon fait de doublures, et avec ce même capuchon, roulé en boule, j'avais commencé à ôter la graisse déposée avant les vacances sur cette tête de machine. Puis, après l'avoir fait briller, je l'avais enfilée consciencieusement de fil noir, chargé et replacé la cannette, et enfin saisi la première pièce à coudre. Après avoir glissé les deux devants sous le pied-de-biche, je m'apprêtais à appuyer sur la pédale pour exécuter ma première couture de l'année, sans penser à rien de spécial, juste concentré sur cette activité qui chez moi prenait plus de temps que chez les autres. Tous cavalaient déjà, faisant ronfler leurs machines à toute bringue.

Je saisis donc les deux couches de tissu entre deux doigts de ma main gauche, mon pied écrasait déjà la pédale, quand, soudain, sans prévenir, du plus profond de moi, un sanglot m'écrasa la tête contre la tête de machine. Je fus le premier surpris. J'allais pour me relever et jeter une vanne pour détendre l'atmosphère, un nouveau sanglot déferla et me raplatit sur la tête de machine. Et je me mis, tout en sanglotant, à me taper la tête sur cette machine, tout en sanglotant encore davantage. Les autres finirent par se lever. Maurice arriva en courant. Je pleurais, pleurais, pleurais encore. « Qu'est-ce que t'as ? Ça va pas ? » Je ne sentais rien de spécial, sinon ce besoin de pleurer, de sangloter, de taper des poings ou du crâne sur le plateau de la machine.

Maurice m'arracha de mon tabouret et m'entraîna dans son bureau. Là je pleurai encore et encore. Patient, il attendit que je reprenne mon souffle. Je n'ai repleuré comme ça que pendant ma longue dépression, seul dans ma chambre, comme charmé, étonné par la violence des sanglots qui me venaient de je ne sais où.

– Qu'est-ce qui ne va pas ?

– Je crois que je ne veux plus travailler à la machine.

Maurice resta un moment silencieux, puis il me dit :

– Ça t'irait d'être régleur ?

– Régleur ? Qu'est-ce que c'est que ça ?

– Tu prépares le travail, tu traces les poches, les boutonnières, tu coupes les toiles, enfin, tu vois…

Je ne voyais pas.

– C'est un boulot qui n'existe pas, régleur ?

– Eh bien, tu seras le premier de la maison.

C'est ainsi que je devins régleur. Debout, devant une table, craie en main, je pus pérorer à mon aise, dégoiser, rire à me taper sur les cuisses, donner la réplique à madame Mimi, et m'interroger à loisir sur la couleur et la forme des dessous papaux. Ce fut la première étape vers la liberté. Je n'étais plus rivé, attaché à une machine à coudre, j'étais debout, en conditionnelle si vous voulez. Peu après Maurice Factor et son associé se séparèrent et la maison Factor périclita. Ce fut la seule place d'où je ne fus pas renvoyé. L'entreprise mourut et c'est ainsi que je devins libre à jamais.

Il ne me reste plus qu'à évoquer deux ateliers : l'un, celui de mon épouse, que j'ai fréquenté journellement, dans la joie et par amour, durant des années et des années. L'autre dont j'ai arpenté le plancher incliné, enfin patron, enfin acteur, pendant des mois, et qui continue désormais, sans moi, à célébrer depuis des décennies le courage de Suzanne-Simone, ma maman.

Table

L'auteur

Jean-Claude Grumberg est l'auteur d'une trentaine de pièces de théâtre, dont *Demain une fenêtre sur rue*, *Rixe*, *Les Vacances*, *Amorphe d'Ottenburg*, *Dreyfus*, *Chez Pierrot*, *En r'venant d'l'Expo*, *L'Atelier*, *L'Indien sous Babylone*, *Zone libre*, *L'Enfant do*, *Rêver, peut-être*. Il est aussi l'auteur de pièces de théâtre pour la jeunesse : *Le Petit Violon*, *Marie des grenouilles*, *Pinok et Barbie*, *Le Petit Chaperon Ulf*, etc.

L'ensemble de son œuvre théâtrale est édité chez Actes Sud-Papiers.

Il a publié au Seuil, dans « La Librairie du XXIe siècle », *Mon Père. Inventaire*, suivi d'*Une leçon de savoir-vivre* (2003) et *La Plus Précieuse des marchandises* (2019). Ce dernier ouvrage a été couronné par de nombreux prix : prix spécial du jury du prix des Libraires, prix des Lecteurs de *L'Express*/BFM TV, prix d'honneur de la librairie Filigranes (Bruxelles)…

Jean-Claude Grumberg a reçu en 2019 le Grand prix de la Société des gens de lettres pour l'ensemble de son œuvre.

Il a reçu notamment le prix du Syndicat de la critique, le prix de la SACD et le prix Plaisir du théâtre pour *Dreyfus*, le prix du Syndicat de la critique, le grand prix de la Ville de Paris, le prix Ibsen et le Molière du meilleur auteur pour *L'Atelier*, le Molière du meilleur auteur et le prix du théâtre de l'Académie française pour *Zone libre*, le prix de la Critique pour *Rêver, peut-être*, le grand prix de la SACD 1999 pour l'ensemble de son œuvre et le Molière du meilleur auteur pour sa pièce *Vers toi, terre promise. Tragédie dentaire*, ainsi que le grand prix du Syndicat de la critique 2009 et le prix artistique 2009 de la Fondation France-Israël.

Rixe, pièce créée en 1968 à Amiens dans une mise en scène de Jean-Pierre Miquel, est présentée en 1971 à la Comédie-Française dans le cadre du cycle « Auteurs nouveaux », dans une mise en scène de Jean-Paul Roussillon, avant d'être reprise en 1982 au Petit-Odéon. Au même programme figure la pièce *Les Vacances*, également jouée et mise en scène par Jean-Paul Roussillon. Les deux pièces sont reprises en 2009, sous le titre *Les Autres*, au théâtre des Mathurins, dans une mise en scène de Daniel Colas avec Daniel Russo.

Amorphe d'Ottenburg, pièce créée en 1971 au théâtre national de l'Odéon par les comédiens-français dans une mise en scène de Jean-Paul Roussillon, entre au répertoire de la Comédie-Française en 2000 dans une mise en scène de Jean-Michel Ribes. Sa pièce

Vers toi, terre promise. Tragédie dentaire a été créée en 2009, dans une mise en scène de Charles Tordjman. En 2015, le même Charles Tordjman met en scène avec Pierre Arditi et Daniel Russo *Pour en finir avec la question juive (L'être ou pas)* au Théâtre Antoine ; et, en 2017, *Votre maman* au Théâtre de l'Atelier.

Pour la télévision

Il a écrit – pour Simone Signoret – *Thérèse Humbert* et *Music-Hall*, réalisés par Marcel Bluwal, *Les lendemains qui chantent*, réalisés par Jacques Fansten, *La Peau du chat* et *Julien l'apprenti*, réalisés par Jacques Otmezguine, *93 rue Lauriston, Clémentine, Les livres qui tuent*, tous trois réalisés par Denys Granier-Deferre.

Au cinéma

Il est, entre autres, codialoguiste du *Dernier Métro* de François Truffaut, des *Années sandwiches* de Pierre Boutron, et coauteur de *La Petite Apocalypse*, d'*Amen* (César 2003 du meilleur scénario), du *Couperet*, d'*Éden à l'Ouest* et du *Capital* de Costa-Gavras.

La Librairie du XXIe siècle

Sylviane Agacinski, *Le Passeur de temps. Modernité et nostalgie.*

Sylviane Agacinski, *Métaphysique des sexes. Masculin/féminin aux sources du christianisme.*

Sylviane Agacinski, *Drame des sexes. Ibsen, Strindberg, Bergman.*

Sylviane Agacinski, *Femmes entre sexe et genre.*

Sylviane Agacinski, *Le Tiers-corps. Réflexions sur le don d'organes.*

Giorgio Agamben, *La Communauté qui vient. Théorie de la singularité quelconque.*

Sébastien Albertelli, Julien Blanc et Laurent Douzou, *La Lutte clandestine en France. Une histoire de la Résistance (1940-1944).*

Anne-Marie Albiach, *La Mezzanine, le dernier récit de Catarina Quia.*

Henri Atlan, *Tout, non, peut-être. Éducation et vérité.*

Henri Atlan, *Les Étincelles de hasard I. Connaissance spermatique.*

Henri Atlan, *Les Étincelles de hasard II. Athéisme de l'Écriture.*

Henri Atlan, *L'Utérus artificiel.*

Henri Atlan, *L'Organisation biologique et la Théorie de l'information.*

Henri Atlan, *De la fraude. Le monde de l'*onaa.

Marc Augé, *Domaines et châteaux.*

Marc Augé, *Non-lieux. Introduction à une anthropologie de la surmodernité.*

Marc Augé, *La Guerre des rêves. Exercices d'ethnofiction.*

Marc Augé, *Casablanca.*

Marc Augé, *Le Métro revisité.*

Marc Augé, *Quelqu'un cherche à vous retrouver.*

Marc Augé, *Journal d'un SDF. Ethnofiction.*

Marc Augé, *Une ethnologie de soi. Le temps sans âge.*

Jean-Christophe Bailly, *Le Propre du langage. Voyages au pays des noms communs.*

Jean-Christophe Bailly, *Le Champ mimétique.*

Marcel Bénabou, *Jacob, Ménahem et Mimoun. Une épopée familiale.*

Marcel Bénabou, *Pourquoi je n'ai écrit aucun de mes livres.*

Maurizio Bettini, *Noël. Aux origines de la crèche.*

Julien Blanc, *Au commencement de la Résistance. Du côté du musée de l'Homme 1940-1941.*

Julien Blanc, voir Sébastien Albertelli *et alii.*

R. Howard Bloch, *Le Plagiaire de Dieu. La fabuleuse industrie de l'abbé Migne.*

Remo Bodei, *La Sensation de déjà vu.*

Ginevra Bompiani, *Le Portrait de Sarah Malcolm.*

Julien Bonhomme, *Les Voleurs de sexe. Anthropologie d'une rumeur africaine.*

Yves Bonnefoy, *Lieux et destins de l'image. Un cours de poétique au Collège de France (1981-1993).*

Yves Bonnefoy, *L'Imaginaire métaphysique.*

Yves Bonnefoy, *Notre besoin de Rimbaud.*

Yves Bonnefoy, *L'Autre Langue à portée de voix.*

Yves Bonnefoy, *Le Siècle de Baudelaire.*

Yves Bonnefoy, *L'Hésitation d'Hamlet et la Décision de Shakespeare.*

Philippe Borgeaud, *La Mère des dieux. De Cybèle à la Vierge Marie.*
Philippe Borgeaud, *Aux origines de l'histoire des religions.*
Jorge Luis Borges, *Cours de littérature anglaise.*
Esteban Buch, Trauermarsch. *L'Orchestre de Paris dans l'Argentine de la dictature.*
Claude Burgelin, *Les Mal Nommés. Duras, Leiris, Calet, Bove, Perec, Gary et quelques autres.*
Italo Calvino, *Pourquoi lire les classiques.*
Italo Calvino, *La Machine littérature.*
Paul Celan et Gisèle Celan-Lestrange, *Correspondance.*
Paul Celan, *Le Méridien & autres proses.*
Paul Celan, *Renverse du souffle.*
Paul Celan et Ilana Shmueli, *Correspondance.*
Paul Celan, *Partie de neige.*
Paul Celan et Ingeborg Bachmann, *Le Temps du cœur. Correspondance.*
Michel Chodkiewicz, *Un océan sans rivage. Ibn Arabî, le Livre et la Loi.*
Antoine Compagnon, *Chat en poche. Montaigne et l'allégorie.*
Hubert Damisch, *Un souvenir d'enfance par Piero della Francesca.*
Hubert Damisch, *CINÉ FIL.*
Hubert Damisch, *Le Messager des îles.*
Hubert Damisch, *La Ruse du tableau. La peinture ou ce qu'il en reste.*
Luc Dardenne, *Au dos de nos images (1991-2005)*, suivi de *Le Fils* et *L'Enfant*, par Jean-Pierre et Luc Dardenne.
Luc Dardenne, *Au dos de nos images II (2005-2014)*, suivi de *Le Gamin au vélo* et *Deux jours, une nuit*, par Jean-Pierre et Luc Dardenne.
Luc Dardenne, *Sur l'affaire humaine.*
Michel Deguy, *À ce qui n'en finit pas.*

Daniele Del Giudice, *Quand l'ombre se détache du sol.*
Daniele Del Giudice, *L'Oreille absolue.*
Daniele Del Giudice, *Dans le musée de Reims.*
Daniele Del Giudice, *Horizon mobile.*
Daniele Del Giudice, *Marchands de temps.*
Daniele Del Giudice, *Le Stade de Wimbledon.*
Mireille Delmas-Marty, *Pour un droit commun.*
Jean-Paul Demoule, *Mais où sont passés les Indo-Européens ? Le mythe d'origine de l'Occident.*
Marcel Detienne, *Comparer l'incomparable.*
Marcel Detienne, *Comment être autochtone. Du pur Athénien au Français raciné.*
Donatella Di Cesare, *Heidegger, les Juifs, la Shoah. Les* Cahiers noirs.
Milad Doueihi, *Histoire perverse du cœur humain.*
Milad Doueihi, *Le Paradis terrestre. Mythes et philosophies.*
Milad Doueihi, *La Grande Conversion numérique.*
Milad Doueihi, *Solitude de l'incomparable. Augustin et Spinoza.*
Milad Doueihi, *Pour un humanisme numérique.*
Laurent Douzou, voir Sébastien Albertelli *et alii.*
Jean-Pierre Dozon, *La Cause des prophètes. Politique et religion en Afrique contemporaine*, suivi de *La Leçon des prophètes* par Marc Augé.
Pascal Dusapin, *Une musique en train de se faire.*
Brigitta Eisenreich, avec Bertrand Badiou, *L'Étoile de craie. Une liaison clandestine avec Paul Celan.*
Uri Eisenzweig, *Naissance littéraire du fascisme.*
Uri Eisenzweig, *Le sionisme fut un humanisme.*
Norbert Elias, *Mozart. Sociologie d'un génie.*
Norbert Elias, *Théorie des symboles.*
Norbert Elias, *Les Allemands. Luttes de pouvoir et développement de l'habitus aux* XIXe *et* XXe *siècles.*

Rachel Ertel, *Dans la langue de personne. Poésie yiddish de l'anéantissement.*

Arlette Farge, *Le Goût de l'archive.*

Arlette Farge, *Dire et mal dire. L'opinion publique au* XVIII*e siècle.*

Arlette Farge, *Le Cours ordinaire des choses dans la cité du* XVIII*e siècle.*

Arlette Farge, *Des lieux pour l'histoire.*

Arlette Farge, *La Nuit blanche.*

Alain Fleischer, *L'Accent, une langue fantôme.*

Alain Fleischer, *Le Carnet d'adresses.*

Alain Fleischer, *Réponse du muet au parlant. En retour à Jean-Luc Godard.*

Alain Fleischer, *Sous la dictée des choses.*

Lydia Flem, *L'Homme Freud.*

Lydia Flem, *Casanova ou l'Exercice du bonheur.*

Lydia Flem, *La Voix des amants.*

Lydia Flem, *Comment j'ai vidé la maison de mes parents.*

Lydia Flem, *Panique.*

Lydia Flem, *Lettres d'amour en héritage.*

Lydia Flem, *Comment je me suis séparée de ma fille et de mon quasi-fils.*

Lydia Flem, *La Reine Alice.*

Lydia Flem, *Discours de réception à l'Académie royale de Belgique*, accueillie par Jacques de Decker, secrétaire perpétuel.

Lydia Flem, *Je me souviens de l'imperméable rouge que je portais l'été de mes vingt ans.*

Lydia Flem, *La Vie quotidienne de Freud et de ses patients*, préface de Fethi Benslama.

Nadine Fresco, *Fabrication d'un antisémite.*

Nadine Fresco, *La Mort des juifs.*

Françoise Frontisi-Ducroux, *Ouvrages de dames. Ariane, Hélène, Pénélope…*

Françoise Frontisi-Ducroux, *Arbres filles et garçons fleurs. Métamorphoses érotiques dans les mythes grecs.*

Marcel Gauchet, *L'Inconscient cérébral.*

Hélène Giannecchini, *Une image peut-être vraie. Alix Cléo Roubaud.*

Hélène Giannecchini, *Voir de ses propres yeux.*

Jack Goody, *La Culture des fleurs.*

Jack Goody, *L'Orient en Occident.*

Anthony Grafton, *Les Origines tragiques de l'érudition. Une histoire de la note en bas de page.*

Jean-Claude Grumberg, *Mon père. Inventaire*, suivi de *Une leçon de savoir-vivre.*

Jean-Claude Grumberg, *Pleurnichard.*

Jean-Claude Grumberg, *La Plus Précieuse des marchandises. Un conte.*

François Hartog, *Régimes d'historicité. Présentisme et expériences du temps.*

Daniel Heller-Roazen, *Écholalies. Essai sur l'oubli des langues.*

Daniel Heller-Roazen, *L'Ennemi de tous. Le pirate contre les nations.*

Daniel Heller-Roazen, *Une archéologie du toucher.*

Daniel Heller-Roazen, *Le Cinquième Marteau. Pythagore et la dysharmonie du monde.*

Daniel Heller-Roazen, *Langues obscures. L'art des voleurs et des poètes.*

Ivan Jablonka, *Histoire des grands-parents que je n'ai pas eus. Une enquête.*

Ivan Jablonka, *L'histoire est une littérature contemporaine. Manifeste pour les sciences sociales.*

Ivan Jablonka, *Laëtitia ou la fin des hommes.*

Ivan Jablonka, *En camping-car.*

Roman Jakobson/Claude Lévi-Strauss, *Correspondance. 1942-1982.*

Jean Kellens, *La Quatrième Naissance de Zarathushtra. Zoroastre dans l'imaginaire occidental.*

Nicole Lapierre, *Sauve qui peut la vie.*

Marc de Launay, *Nietzsche et la race.*

Jacques Le Brun, *Le Pur Amour de Platon à Lacan.*

Jacques Le Brun, *Dieu, un pur rien. Angelus Silesius, poésie, métaphysique et mystique.*

Jacques Le Goff, *Faut-il vraiment découper l'histoire en tranches ?*

Jean Levi, *Les Fonctionnaires divins. Politique, despotisme et mystique en Chine ancienne.*

Jean Levi, *La Chine romanesque. Fictions d'Orient et d'Occident.*

Claude Lévi-Strauss, *L'Anthropologie face aux problèmes du monde moderne.*

Claude Lévi-Strauss, *L'Autre Face de la lune. Écrits sur le Japon.*

Claude Lévi-Strauss, *Nous sommes tous des cannibales.*

Claude Lévi-Strauss, *« Chers tous deux ». Lettres à ses parents, 1931-1942.*

Claude Lévi-Strauss, *Le Père Noël supplicié.*

Claude Lévi-Strauss, *Anthropologie structurale zéro.*

Claude Lévi-Strauss/Roman Jakobson, *Correspondance. 1942-1982.*

Monique Lévi-Strauss, *Une enfance dans la gueule du loup.*

Nicole Loraux, *Les Mères en deuil.*

Nicole Loraux, *Né de la Terre. Mythe et politique à Athènes.*

Nicole Loraux, *La Tragédie d'Athènes. La politique entre l'ombre et l'utopie.*

Patrice Loraux, *Le Tempo de la pensée.*

Sabina Loriga, *Le Petit x. De la biographie à l'histoire.*

Charles Malamoud, *Le Jumeau solaire.*

Charles Malamoud, *La Danse des pierres. Études sur la scène sacrificielle dans l'Inde ancienne.*

François Maspero, *Des saisons au bord de la mer.*

Marie Moscovici, *L'Ombre de l'objet. Sur l'inactualité de la psychanalyse.*

Maurice Olender, *Un fantôme dans la bibliothèque.*

Nicanor Parra, *Poèmes et Antipoèmes* et *Anthologie (1937-2014).*

Michel Pastoureau, *L'Étoffe du diable. Une histoire des rayures et des tissus rayés.*

Michel Pastoureau, *Une histoire symbolique du Moyen Âge occidental.*

Michel Pastoureau, *L'Ours. Histoire d'un roi déchu.*

Michel Pastoureau, *Les Couleurs de nos souvenirs.*

Michel Pastoureau, *Le Roi tué par un cochon. Une mort infâme aux origines des emblèmes de la France ?*

Michel Pastoureau, *Une couleur ne vient jamais seule. Journal chromatique, 2012-2016.*

Vincent Peillon, *Une religion pour la République. La foi laïque de Ferdinand Buisson.*

Vincent Peillon, *Éloge du politique. Une introduction au XXIe siècle.*

Vincent Peillon, *Liberté, égalité, fraternité. Sur le républicanisme français.*

Georges Perec, *L'Infra-ordinaire.*

Georges Perec, *Vœux.*

Georges Perec, *Je suis né.*

Georges Perec, *Cantatrix sopranica L. et autres écrits scientifiques.*

Georges Perec, *L. G. Une aventure des années soixante.*

Georges Perec, *Le Voyage d'hiver.*

Georges Perec, *Un cabinet d'amateur.*

Georges Perec, *Beaux présents belles absentes.*

Georges Perec, *Penser/Classer.*

Georges Perec, *Le Condottière.*

Georges Perec, *L'Attentat de Sarajevo.*
Georges Perec/OuLiPo, *Le Voyage d'hiver & ses suites.*
Catherine Perret, *L'Enseignement de la torture. Réflexions sur Jean Améry.*
Michelle Perrot, *Histoire de chambres.*
Michelle Perrot, *George Sand à Nohant. Une maison d'artiste.*
J.-B. Pontalis, *La Force d'attraction.*
Jean Pouillon, *Le Cru et le Su.*
Jérôme Prieur, *Roman noir.*
Jérôme Prieur, *Rendez-vous dans une autre vie.*
Jérôme Prieur, *La Moustache du soldat inconnu.*
Jacques Rancière, *Courts Voyages au pays du peuple.*
Jacques Rancière, *Les Noms de l'histoire. Essai de poétique du savoir.*
Jacques Rancière, *La Fable cinématographique.*
Jacques Rancière, *Chroniques des temps consensuels.*
Jacques Rancière, *Les Bords de la fiction.*
Jean-Michel Rey, *Paul Valéry. L'aventure d'une œuvre.*
Jacqueline Risset, *Puissances du sommeil.*
Jean-Loup Rivière, *Le Monde en détails.*
Denis Roche, *Dans la maison du Sphinx. Essais sur la matière littéraire.*
Olivier Rolin, *Suite à l'hôtel Crystal.*
Olivier Rolin & Cie, *Rooms.*
Charles Rosen, *Aux confins du sens. Propos sur la musique.*
Israel Rosenfield, *« La Mégalomanie » de Freud.*
Pierre Rosenstiehl, *Le Labyrinthe des jours ordinaires.*
Paul-André Rosental, *Destins de l'eugénisme.*
Jacques Roubaud, *Poétique. Remarques. Poésie, mémoire, nombre, temps, rythme, contrainte, forme, etc.*
Jacques Roubaud, *Peut-être ou la Nuit de dimanche (brouillon de prose). Autobiographie romanesque.*
Jean-Frédéric Schaub, *Oroonoko, prince et esclave. Roman colonial de l'incertitude.*

Jean-Frédéric Schaub, *Pour une histoire politique de la race*.

Francis Schmidt, *La Pensée du Temple. De Jérusalem à Qoumrân*.

Jean-Claude Schmitt, *La Conversion d'Hermann le Juif. Autobiographie, histoire et fiction*.

Michel Schneider, *La Tombée du jour. Schumann*.

Michel Schneider, *Baudelaire. Les années profondes*.

Jean Schwœbel, *La Presse, le pouvoir et l'argent*, préface de Paul Ricœur, avant-propos d'Edwy Plenel.

David Shulman, Velcheru Narayana Rao et Sanjay Subrahmanyam, *Textures du temps. Écrire l'histoire en Inde*.

David Shulman, *Ta'ayush. Journal d'un combat pour la paix. Israël-Palestine, 2002-2005*.

Jean Starobinski, *Action et Réaction. Vie et aventures d'un couple*.

Jean Starobinski, *Les Enchanteresses*.

Jean Starobinski, *L'Encre de la mélancolie*.

Anne-Lise Stern, *Le Savoir-déporté. Camps, histoire, psychanalyse*.

Antonio Tabucchi, *Les Trois Derniers Jours de Fernando Pessoa. Un délire*.

Antonio Tabucchi, *La Nostalgie, l'Automobile et l'Infini. Lectures de Pessoa*.

Antonio Tabucchi, *Autobiographies d'autrui. Poétiques* a posteriori.

Emmanuel Terray, *La Politique dans la caverne*.

Emmanuel Terray, *Une passion allemande. Luther, Kant, Schiller, Hölderlin, Kleist*.

Emmanuel Terray, *Mes anges gardiens*, précédé d'*Emmanuel Terray l'insurgé*, par Françoise Héritier.

Camille de Toledo, *Le Hêtre et le Bouleau. Essai sur la tristesse européenne*, suivi de *L'Utopie linguistique ou la Pédagogie du vertige*.

Camille de Toledo, *Vies pøtentielles.*
Camille de Toledo, *Oublier, trahir, puis disparaître.*
Peter Trawny, *Heidegger. Une introduction critique.*
César Vallejo, *Poèmes humains* et *Espagne, écarte de moi ce calice.*
Jean-Pierre Vernant, *Mythe et religion en Grèce ancienne.*
Jean-Pierre Vernant, *Entre mythe et politique I.*
Jean-Pierre Vernant, *L'Univers, les Dieux, les Hommes. Récits grecs des origines.*
Jean-Pierre Vernant, *La Traversée des frontières. Entre mythe et politique II.*
Ida Vitale, *Ni plus ni moins.*
Nathan Wachtel, *Dieux et vampires. Retour à Chipaya.*
Nathan Wachtel, *La Foi du souvenir. Labyrinthes marranes.*
Nathan Wachtel, *La Logique des bûchers.*
Nathan Wachtel, *Mémoires marranes. Itinéraires dans le* sertão *du Nordeste brésilien.*
Catherine Weinberger-Thomas, *Cendres d'immortalité. La crémation des veuves en Inde.*
Natalie Zemon Davis, *Juive, catholique, protestante. Trois femmes en marge au* XVIIe *siècle.*

RÉALISATION : PAO ÉDITIONS DU SEUIL
IMPRESSION : CPI FRANCE
DÉPÔT LÉGAL : DÉCEMBRE 2019. N° 144923 (3036113)
IMPRIMÉ EN FRANCE